Mon amant interdit

CLARE CONNELLY

Mon amant interdit

Traduction française de
MARGUERITE GUILLEMET

AZUR

HARLEQUIN

Collection : Azur

Titre original :
MY FORBIDDEN ROYAL FLING

HARPERCOLLINS FRANCE
83-85, boulevard Vincent-Auriol, 75646 PARIS CEDEX 13
Service Lectrices — Tél. : 01 45 82 47 47 - www.harlequin.fr
ISBN 978-2-2804-6765-0 — ISSN 0993-4448

Composé et édité par HarperCollins France.
Imprimé en janvier 2022 par CPI Black Print (Barcelone)
en utilisant 100% d'électricité renouvelable.
Dépôt légal : février 2022.

FSC
www.fsc.org
MIXTE
Papier issu de sources responsables
FSC® C159065

Pour limiter l'empreinte environnementale de ses livres, HarperCollins France s'engage à n'utiliser que du papier fabriqué à partir de bois provenant de forêts gérées durablement et de manière responsable.

Prologue

À la chasse au milliardaire !

Le gros titre me saute aux yeux. En dessous, Santiago del Almodovár regarde droit vers l'objectif, et ses yeux me transpercent à travers la page. Il est flanqué par deux femmes magnifiques, une blonde, une aux cheveux teints rouge vif. Très différentes, mais sans doute interchangeables, pour un homme aussi dépravé. Je lève les yeux au ciel. À l'autre bout du fil, mon Premier ministre attend toujours ma réponse.

— Henrik, êtes-vous certain que la Couronne doit s'associer avec cet homme ?

Je pensais qu'il avait plus de bon sens. Lui aussi, de toute évidence : il laisse échapper un petit rire embarrassé.

— Il a largement les fonds nécessaires et son investissement est soutenu par tout le Parlement. Je sais que sa réputation n'est pas des plus admirables, Votre Altesse…

— C'est un euphémisme. Vous savez comme moi que Santiago del Almodovár n'a vraiment que ses « fonds » pour le recommander.

Mais nous avons conscience tous les deux que mes objections n'ont aucune valeur. « Soutenu par tout le Parlement » est un argument de poids, mais aussi un avertissement. La décision est déjà prise. Mon autorisation est techniquement nécessaire pour que l'accord soit signé, mais refuser voudrait dire me positionner contre mon gouvernement et ignorer des décennies de jurisprudence.

Mais comment puis-je les laisser faire sans me battre ? Que diraient mes parents ? Non, je sais ce qu'ils diraient. Ils sont morts depuis des années, mais je devine tout de même la voix de mon père, lourde de déception et de désapprobation. Jamais il n'aurait approuvé un tel projet, et je lui ai promis de toujours marcher sur ses traces…

— Il propose une fortune astronomique pour ce terrain.

Je ferme les yeux. Il n'y a plus de roi, ni de reine. Il n'y a que moi, juste une princesse, et mes efforts pour sauver le royaume de la ruine tout en protégeant la culture de mon peuple.

— Mais à quel prix ? murmuré-je.

Je me redresse dans mon fauteuil et lève les yeux. Le mur opposé est couvert d'une tapisserie ancienne que j'adorais déjà quand j'étais enfant.

La voix de mon père est toujours aussi vivace dans mes souvenirs. « Souviens-toi, Freja. Nous sommes des Marlsdovens, et si le monde vient frapper à notre porte, nous devons lui répondre sans nous laisser fouler aux pieds. Ce qui nous rend uniques doit être protégé à tout prix. »

— Mon assistant va vous envoyer les contrats, Votre Altesse. Si vous pouviez les signer…

— Je vais d'abord les lire et je reviendrai vers vous.

Je déteste l'idée qu'un homme comme del Almodovár puisse posséder un domaine aussi important au sein de ma capitale, et je déteste ses plans pour le terrain – un casino clinquant et vulgaire qui souillera la vision de mon père et la principauté ancienne et culturelle qu'il a toujours protégée.

Ce pays est sous ma protection ; le trône est à moi temporairement. Avant tout, je dois prendre soin de mon peuple ; c'est mon premier devoir. Que dirait mon père s'il me voyait autoriser une telle initiative ?

Il dirait que je dois au moins tirer mon épingle du jeu.

Je fronce les sourcils, la main crispée sur le combiné.

— Monsieur le Premier ministre ?

— Oui, Votre Altesse ?

Pourquoi ne pas négocier avec lui, m'assurer que l'accord est aussi avantageux que possible pour le royaume ? Peut-être parviendrai-je à lui faire accepter de nouveaux termes ?

— J'aimerais le rencontrer.

— Oh ! non ! Ce n'est pas nécessaire !

Même l'idée d'une rencontre officielle scandalise mon Premier ministre, et je sais pourquoi : Santiago a une réputation de Casanova invétéré. Il mène une vie de paillettes et de débauche. Autant dire que rien de tout ça n'a sa place dans la salle du trône.

— Inquiet que je ne sois pas à la hauteur, monsieur le Premier ministre ?

— C'est un négociateur féroce…

— Je m'en sortirai, dis-je sèchement, les yeux de nouveau attirés par les gros titres sur mon écran. Arrangez une rencontre aussi tôt que possible. Merci.

Ce n'est qu'une photo, et pourtant… Son beau visage est plus expressif, son regard brille de moquerie et de provocation. Je referme l'ordinateur et pousse un soupir. Si M. del Almodovár veut acheter ces terres, il peut bien faire quelques ronds de jambe ; et s'il refuse, j'aurais fait tout ce qui est en mon pouvoir pour lui mettre des bâtons dans les roues.

1.

Le soleil baigne la cour du palais d'une radiance pâle, pommelée par les bouleaux alentour, et fait jouer des ombres acérées sur le visage du nouveau venu.

Je me prépare à le recevoir depuis des jours. Mon équipe de sécurité m'a fourni un rapport détaillé sur le magnat espagnol. Les informations n'ont fait que confirmer mes premières recherches : il vit une existence dissolue sans se soucier de sa réputation, des conséquences, et, il me semble, de ceux qui gravitent dans son orbite. Santiago del Almodovár est exactement le genre d'homme que j'abhorre.

Je le regarde avancer à travers la cour. Il est grand, au moins un mètre quatre-vingt-quinze, et marche d'un pas souple et rapide. Il arrive trop vite à ma hauteur. Il me fixe sans aucune pudeur, avec un regard richement brun, brillant comme celui d'un loup, énigmatique et coupant.

En retour, je ne lui offre qu'un sourire polaire.

Il porte un costume... Plus ou moins. Un pantalon bleu sombre et une chemise blanche, mais déboutonnée au col et sans cravate. Une tenue extrêmement décontractée pour un invité du Palais Sölla. Le rapport de mon équipe avait bien mentionné que Santiago ne tenait pas les conventions en haute estime. Je ne suis pas dupe : c'est un geste significatif, une façon d'établir son indépendance et de faire trébucher son adversaire dès le début des négociations. Il m'annonce son irrespect.

À son approche, j'attends qu'il s'incline sur la révérence que mon statut exige. Il s'arrête à deux pas de moi, trop proche, et se fend d'un sourire moqueur. Il ne fait même pas l'effort d'incliner la tête. Son regard me transperce. Sans prévenir, ma bouche s'assèche et mon cœur s'affole.

Je serre les dents. Je prends soin de ne pas réagir à son manquement protocolaire et lui tends la main.

— Monsieur del Almodovár, bienvenue au Palais Sölla.

— Princesse…

Il insuffle dans mon titre toute la chaleur épicée du soleil de Barcelone. Sa voix est profonde, un peu rauque. Mais c'est le contact de sa grande main autour de la mienne qui m'arrache un frisson. Je me libère presque aussitôt de sa poigne assurée. Il me faut tout mon sang-froid, cette fois, pour ne pas trahir mon trouble. Le contact crépite encore sous ma peau comme une onde de choc.

— S'il vous plaît, dis-je d'une voix pincée en lui faisant signe de me suivre dans l'escalier.

J'ai le souffle court et, intérieurement, je me maudis. Vraiment ? Est-ce vraiment le moment de me découvrir une libido ? J'ai vingt-quatre ans et je n'ai jamais embrassé qui que ce soit. Être la seule survivante de la famille royale des Marlsdovens n'a pas facilité ma vie amoureuse, mais surtout, je n'ai jamais été vraiment tentée. Je ne vois pas pourquoi Santiago del Almodovár changerait cet état de fait.

Mes parents m'ont choisi un fiancé bien avant ma naissance. Leur souhait le plus cher était de voir leur fille épouser le plus jeune fils de leurs meilleurs amis. Je l'ai découvert peu de temps après leur mort, et je n'ai pas cherché à remettre cette décision en doute. Personne ne m'y a poussée.

Je secoue la tête. Ce n'est pas le moment de divaguer. Del Almodovár est ici pour acheter un terrain précieux à la Couronne et y développer un énorme casino. Ses projets menacent tous mes principes, menacent la ville fière et ancienne que j'aime tant.

C'est la seule chose qui compte.

— Joli palais, murmure-t-il quand nous passons les énormes portes dorées, chacune tenue par un garde en uniforme cérémoniel.

Le compliment ne fait pas semblant d'être sincère ; dans

le meilleur cas, c'est une plaisanterie, et dans le pire une provocation. Je hausse les sourcils, surprise. Habituellement, les invités de Sölla sont si impressionnés par l'architecture millénaire et les précieuses ornementations que je peine à les mettre à l'aise. Mais cet homme, après tout, est riche comme Crésus. Il faudra plus que des antiquités pour l'impressionner.

Cette idée aiguise sur le bout de ma langue une riposte que je retiens. La richesse et le luxe ne sont rien face à l'histoire. Quiconque peut se tenir dans le grand hall – avec son magnifique plafond voûté et vertigineusement haut, avec ses vitraux éclaboussés de lumière, avec ses bas-reliefs complexes, gravés par des hommes disparus depuis mille cent ans – quiconque peut se tenir dans ce hall et rester insensible à sa beauté n'est qu'un philistin sans cœur.

Mais à quoi m'attendais-je ? Cet homme a fondé sa fortune sur des casinos. Il s'attaque à moins riche que lui et regarde ses clients perdre leurs ressources, leurs économies, sombrer dans l'indigence. Comme mon oncle. Je réprime un frisson de dégoût. Mon père et ma mère détestaient le jeu. Un casino à Marlsdoven…

Depuis la mort de mes parents, j'ai toujours travaillé d'arrache-pied pour faire honneur à leur nom. Mon père aurait su comment se sortir de cette impasse ; il aurait réussi à dissuader le Premier ministre. Il ne m'a jamais autant manqué qu'à cet instant. Je ferme les yeux et prends une inspiration tremblante. Des étoiles dansent derrière mes paupières. Mes parents seraient si déçus, et le sentiment de mon propre échec me prend à la gorge.

Sur mes talons, Santiago reste silencieux. Je le mène dans un couloir étroit, mais non moins impressionnant que le grand hall, et dont les murs sont ornés des portraits de mes ancêtres. Mes yeux s'attardent sur ceux de mes parents au passage. Même sept ans après leur mort, mon cœur se serre.

Plus encore aujourd'hui, quand je ne peux pas soutenir leur regard.

J'ai choisi un des salons officiels pour notre rendez-vous,

mais je réalise mon erreur quand nous y entrons. La pièce n'est pas grande, et, quand la porte se referme, la présence de Santiago domine entièrement les lieux. Je me tourne vers lui ; mon pouls s'accélère. Je suis douloureusement consciente de… de lui, de l'énergie qu'il dégage. Il n'est pas seulement grand, il est large, solide : un guerrier déguisé en homme d'affaires. J'ai l'impression qu'il pourrait dompter un lion à mains nues. J'ai vu des dizaines de photos de lui. Je savais qu'il était séduisant. Mais je ne m'attendais pas à l'impact qu'il aurait sur son environnement.

Non – à l'impact qu'il aurait sur *moi.*

Les photos camouflent trop de détails que la réalité illumine : une cicatrice qui tire légèrement sur sa lèvre supérieure ; une myriade de taches de rousseur sur son nez, presque invisibles sur sa peau hâlée, mais fascinantes. Ses cheveux sont sombres et épais, un peu trop longs, et bouclent sur sa nuque. Il y passe une main sans me lâcher du regard. Je réalise que je le fixe depuis plusieurs secondes.

Je me détourne brutalement.

« Il trouvera tous les moyens de gagner l'avantage », m'a prévenue ma plus proche conseillère, Claudia. « Restez sur vos gardes. »

Son conseil me revient à point nommé. Un domestique du palais apparaît à l'entrée de la pièce. Je me détends un peu, rassurée par son visage et son uniforme familiers. Je suis en position de force, ici. Je suis plus puissante que cet homme, et notre bataille se déroulera sur mon terrain. Mon palais, mon peuple, mon domaine.

Le domestique s'incline avec révérence.

— Votre Altesse. Puis-je faire venir le thé ?

Du coin de l'œil, je vois Santiago se fendre d'un autre demi-sourire amusé. Je serre les dents. J'aimerais lui faire oublier son amusement stupide avec une gifle bien sentie. Je me tourne vers lui en ignorant mes paumes brûlantes et le frisson qui fourmille dans mon dos.

— Monsieur del Almodovár, désirez-vous quelque chose à boire ou à manger ?

— Une bière.

Goujat. Je me tourne vers le valet.

— Une bière pour notre invité, et un thé pour moi, merci.

Je fais signe à del Almodovár de s'installer sur l'un des deux fauteuils positionnés face à face devant l'immense baie vitrée. Je sais qu'il se moque de moi et je ne peux m'empêcher d'être piquée. D'habitude, la superbe vue de la rivière Laltussen m'apaise. C'est un cours d'eau ancien et brave que ni le temps, ni les querelles des hommes n'ont fait fléchir. Une constante dans la vie de mon peuple et un symbole d'endurance.

Mais aujourd'hui, rien de tout cela ne me rassure.

Lorsque Santiago s'assoit, c'est avec toute l'impudence que j'attendais : aucun respect pour ce salon ancestral et pour ses meubles inestimables. Il prend le fauteuil avec l'énergie dominatrice d'un grand fauve, les jambes largement écartées, les bras nonchalamment posés sur les accoudoirs. Il se penche en avant, une position d'offensive, prêt à bondir. Instinctivement, je me replie contre mon propre dossier, les genoux et les chevilles serrés, les mains crispées sur mes cuisses. Nous ne pourrions pas être plus diamétralement opposés : il semble totalement à l'aise dans son propre corps, souple, détendu et insouciant ; il est simplement, irrémédiablement lui-même. J'ai passé mon existence à assimiler ce que j'avais l'obligation d'être ; parfois, je me demande même qui je suis vraiment. Qui j'aurais été, si je n'étais pas née princesse. Si les circonstances ne m'avaient pas obligée, dès mes dix-sept ans, à devenir la Couronne.

Son regard continue de me pourfendre et de me faire oublier l'essentiel : qu'il est venu sur mon ordre, et que ce rendez-vous est entre mes mains. À moi de le façonner comme je le désire.

— J'ai passé votre proposition en revue.

— Je m'en doute. Et qu'en pensez-vous, princesse ?

— S'il vous plaît, il n'est pas nécessaire de m'appeler comme cela.

— Comment devrais-je vous appeler ?

Je ne suis pas particulièrement à cheval sur les conventions, et pourtant, j'hésite à donner mon prénom à cet homme. J'ai besoin d'établir une frontière, une distance.

— La plupart de mes invités utilisent « Votre Altesse ».

— C'est différent de « princesse » ? raille-t-il.

Je détourne le regard, troublée par son insolence, les joues trop chaudes, les mains trop tremblantes. Derrière la vitre, la rivière est placide. Je la contemple un moment.

— C'est ce à quoi je suis habituée.

Je me force à revenir à lui et à soutenir son regard, mais je découvre que ses yeux sont posés sur le collier qui orne ma gorge – ou plus bas, sur le subtil décolleté de ma robe ? Mon pouls s'électrise. Très bien. Santiago del Almodovár me trouble, mais je ne peux pas…

Dieu merci, on toque à la porte. Je bondis sur mes pieds, mal à l'aise, tendue à craquer, et vais ouvrir.

Une autre domestique m'attend derrière le seuil, un plateau d'argent à la main. Elle s'incline, mais je prends le plateau avant qu'elle entre dans la pièce. J'ignore sa surprise ; la porte se referme derrière moi. Bouger et réagir apaise un peu ma nervosité. Je pose le plateau sur la table basse. J'apporte à Santiago son verre de bière. Ses yeux sont sardoniques quand il l'attrape.

— C'est trop d'honneur, *Votre Altesse*.

Non. Non, ce n'est pas mieux du tout. Il y a toujours quelque chose d'illicite et d'insolent dans la tessiture de sa voix. Ses mots sont peut-être respectueux, mais pas le ton avec lequel il les prononce.

Tant bien que mal, j'essaie de cacher mon agacement. Je me sers du thé puis prends la coupelle et la tasse de porcelaine. Je ne reviens pas à mon fauteuil – il est trop près de Santiago. J'ai besoin d'espace. Je marche jusqu'à la baie vitrée et me concentre sur la vue.

— Votre projet est… ambitieux, dis-je.

Le seul adjectif neutre que je puisse lui accorder. En dehors de cela, sa proposition ne m'inspire que du dédain et des insultes.

— Pas plus que beaucoup d'autres de mes projets.

— Oui, vous avez une expérience impressionnante.

— Merci, Votre Altesse.

Encore une réponse jetée comme une provocation. Je suis raide comme un piquet, ma tasse à la main ; je lui jette un regard qui, je pense, ne camoufle que très mal mon exaspération.

— Ce serait le premier casino de Marlsdoven.

— Et vous n'approuvez pas.

— Ce n'est pas ce que j'ai dit.

Je l'entends poser son verre sur la table.

— Pas besoin. Les négociations sont terminées, votre gouvernement est prêt à signer. Mais vous…

— Le gouvernement ne peut pas signer sans mon accord.

Immédiatement, je regrette cette admission. Pourquoi lui donner des informations sur la situation politique ? Il risquerait de les utiliser comme des munitions.

— Et c'est pour cela que vous avez organisé un rendez-vous secret à la dernière minute ? Pour contrecarrer les plans machiavéliques que le méchant milliardaire fomente contre votre pittoresque petit royaume ?

Oh ! Je fais volte-face, les mains tremblantes autour de ma tasse, et le visage en feu ; personne ne m'a jamais parlé de cette façon, avec un tel irrespect, un tel cynisme, une inimitié si évidente ! Et comment peut-il rire du sérieux de la situation ? J'ai vu les conséquences du jeu de première main. Je connais le pouvoir insidieux des casinos. Si je dois accepter d'en voir un s'installer à Marlsdoven, alors les avantages doivent de loin contrebalancer les risques !

— Ce n'est pas un rendez-vous secret, sifflé-je en ignorant sa seconde offense, à laquelle je ne pourrais pas répondre en gardant mon sang-froid. Rien n'est secret, dans ma vie. Votre nom est sur mon programme, à la vue de tous.

— Pourtant, j'ai été accueilli à l'entrée privée du palais plutôt que par la grande porte, et je n'ai vu aucun photographe.

Il n'a pas entièrement tort et je prie pour ne pas rougir en réponse. Le rendez-vous n'est pas *secret*, mais j'ai fait mon possible pour que la presse n'en entende pas parler. Sur la défensive, je rétorque :

— Oh ! navrée – vous vouliez poser pour la photo, Santiago ?

J'utilisais son prénom pour l'insulter, mais le goût de chaque syllabe sur ma langue a quelque chose de captivant. Insupportable.

— Aucun rapport, répond-il en souriant. J'interprétais simplement votre stratégie.

Il m'observe comme un scientifique le fait avec un cobaye. Trop tard, je me souviens des conseils de mon équipe. Santiago del Almodovár est un génie des négociations, et retourner chaque interaction contre moi ne lui pose de toute évidence aucune difficulté.

— Cela ne me dérange pas d'être introduit dans le palais comme un secret honteux, je trouve simplement votre choix significatif, ajoute-t-il tranquillement.

J'ouvre la bouche pour protester, mais change d'avis. Je n'ai aucune honte à avoir.

— Je ne vois pas l'intérêt de rendre le chantier public tant que nous ne sommes pas certains qu'il verra le jour.

Il attrape son verre et boit une gorgée de bière avant de se lever d'un mouvement agile et gracieux. Je n'ai pas le temps de le voir venir, de me préparer à sa proximité ; en dcux enjambées, il m'a rejointe. Son after-shave me frappe et m'enfièvre, subtil, épicé. Je me retiens d'inspirer plus profondément son parfum.

— Votre Premier ministre est très enthousiaste.

— Naturellement. Vous proposez des milliards de dollars.

— Mais il en faut plus pour vous convaincre, bien sûr, dit-il en embrassant l'opulent salon d'un geste de la main.

S'il savait ! Notre petit pays est loin d'être prospère. Avec la privatisation de la majorité de nos actifs publics, peu après la mort de mes parents, quand j'étais trop jeune, trop inexpérimentée et trop brisée par le deuil pour comprendre les accords forgés dans mon dos, une grande part de nos revenus revient maintenant à des géants installés à l'étranger.

— Vendre les terres de la Couronne est une transaction

complexe, murmuré-je. Une fois qu'elles sont attribuées, il est impossible de les récupérer. En contrepartie des conséquences d'une perte territoriale, cette décision doit être structurée autour des avantages que la nation pourra en retirer.

Il fronce les sourcils.

— Et vous pensez qu'un casino n'est pas un avantage ?

Non. Ce projet est dangereux et nocif. Mais je retiens ma remarque ; elle serait contre-productive. Il ne servirait à rien d'en appeler à la compassion ou aux principes moraux d'un homme comme Santiago del Almodovár.

— Peut-être. Si vous acceptez mes propositions.

Mon cœur bat trop fort ; cette conversation va trop vite, plus vite que je ne le voulais. J'avais l'intention de le charmer avec mon autorité et l'histoire du pays, son importance culturelle ; montrer Marlsdoven sous son meilleur jour afin que son futur influence sa décision. En vain. Il a sauté par-dessus mes pièges et attaqué le cœur du sujet avec l'aisance sauvage d'un prédateur expérimenté.

— Je vous écoute, *princesa.* Que désirez-vous de moi ?

2.

Ce que je désire de lui ?

Ma bouche s'assèche. Pendant une seconde, je ne sais que répondre. Mon esprit trébuche, mon instinct s'éveille. Je suis ici pour parler affaires, mais ma main brûle de se tendre, de le toucher, de découvrir la solidité de sa poitrine et la texture de sa peau.

Mais qu'est-ce qui me prend ?

Personne ne m'a jamais attirée, mais voilà que je me vois à deux doigts de tomber dans les bras d'un homme que je réprouve, alors même que je devrais être sur le qui-vive. Vraiment, c'est ridicule.

— Peut-être pourrions-nous parler de votre proposition ?

Bonne idée, oui – si nous nous concentrons sur ces contrats rébarbatifs, peut-être que mon agitation disparaîtra.

— C'est ce que nous sommes en train de faire, non ?

— De façon détaillée. À une table, avec les documents. Cela me permettra d'illustrer mes réticences.

— Très bien, acquiesce-t-il, grand seigneur.

Il a entièrement pris l'avantage.

— Mais d'abord, j'aimerais que vous m'expliquiez ces réticences sans vous cacher derrière la paperasse. Utilisez vos propres mots, d'accord ?

— Êtes-vous en train de me donner des ordres ?

Je croise les bras, un sourcil arqué. En retour, il me jette un sourire amusé.

— Oh ! je n'oserais pas, Votre Altesse.

Mes joues s'échauffent.

— Je n'ai jamais rencontré quelqu'un comme vous.

— J'imagine, raille-t-il.

Et de nouveau, je décèle son dédain. Comme si mon commentaire était à l'image de mon palais, de mon pays, de mon statut. Un objet de dérision.

— C'est-à-dire ?

— Je ne doute pas que vos visiteurs habituels sont triés sur le volet et vous font des courbettes à qui mieux mieux.

— Écoutez, monsieur del Almodovár…

— Santiago, coupe-t-il.

Si j'aimais le goût de son nom, j'apprécie plus encore les sons que sa voix lui prête. Chaque syllabe imprégnée d'espagnol, dansante et solaire. Mon estomac se crispe.

— Je pense que nous avons démarré du mauvais pied, dis-je d'un ton aussi contrôlé que possible. Vous ne me connaissez pas, et je ne vous connais pas. Vous n'êtes pas venu pour apprendre à me connaître, et ce n'est pas non plus pour cela que je vous ai invité ; mais je veux protéger mon pays des effets qu'un casino de cette envergure aura incontestablement sur sa culture et son peuple. Ne laissons pas nos opinions personnelles saborder une conversation constructive.

— C'est ce que vous voulez ? Ignorer nos instincts ?

Je me raidis, alertée par l'implication de son ton aiguisé. Une flamme monte et pulse dans mon bas-ventre, mes seins se tendent contre la dentelle de mon soutien-gorge. Je me détourne, inquiète que mon trouble se lise sur mon visage ; inquiète d'être parfaitement transparente, devant quelqu'un d'aussi expérimenté. J'ai l'impression qu'il me dépèce pièce par pièce. Et je suis sans défense.

Je ne sais pas si je *veux* me défendre.

— Vous ne montrez pas beaucoup d'enthousiasme pour défendre votre projet. Je pensais qu'il était important pour vous.

— Oh ! il l'est. Mais vous n'êtes pas la seule à avoir fait vos recherches, princesse. Je peux partir ce soir et trouver demain un autre pays prêt à accueillir mon initiative à bras ouverts. J'ai déjà plusieurs options de secours. Mais vous… pourriez-vous trouver un autre investisseur ?

Je ferme les yeux. Oh ! qu'il aille au diable. À cet instant, je le hais, je le hais réellement, et le sentiment est encore aiguisé par l'intense sensualité qui me tourmente. Pourquoi lui ? Comment ose-t-il ? Comment ose-t-il me défaire aussi aisément, aussi complètement ?

— Vous avez besoin de moi, continue-t-il. Cessons de tourner autour du pot et passons cet accord. J'aimerais conclure tout cela aujourd'hui.

Il est si dédaigneux, si insupportablement arrogant ! Toute la retenue de mon statut m'échappe brusquement ; je fais volte-face, les poings serrés.

— Et vous obtenez toujours ce que vous voulez, j'imagine ?

Son sourire aigu ne fait qu'attiser ma révolte.

— Cela vous dérange, princesse ?

— *Vous* me dérangez, oui.

Dans ses yeux, je vois briller un bref éclair de surprise, comme s'il ne s'attendait pas à mon impolitesse.

Entre nous, l'air crépite comme il le fait avant l'orage.

— Parce que je suis votre contraire en tout point ?

Non, il ne s'agit pas de cela. Je rencontre des gens différents de moi tous les jours ; je célèbre la diversité et ce qu'elle m'enseigne. Ce n'est pas sa différence ; c'est mon désir, et la menace qu'il fait planer sur mon sang-froid. Je ne veux pas voir mon corps, mon allié, se retourner contre moi.

— Reprenons le contrat. Votre projet est ambitieux et im…

— Impressionnant, oui. Vous l'avez déjà dit.

— Monsieur del Almodovár…

— Santiago.

Je serre les dents.

— Pouvez-vous me laisser *finir* ?

Son regard étincelle en rencontrant le mien. Il a l'air de retenir un rire, mais il incline le menton.

— Nous n'avons pas de casino à Marlsdoven. Ce serait le premier.

— C'est une des raisons pour lesquelles j'ai choisi votre pays. C'est l'endroit parfait.

— L'endroit « parfait » pour transformer mes citoyens en moutons de Panurge obsédés par le jeu ?

Il hausse un sourcil.

— Avez-vous déjà mis les pieds dans un casino, princesse ?

Je me sens rougir. Je reste silencieuse. Il sourit.

— Je vois…

— Vous pensez que cela me rendrait plus encline à approuver votre maquette ? Bien au contraire. Mais je ne veux pas scier la branche sur laquelle je suis assise, alors…

Il lève une main et frotte sa nuque ; le geste libère sa chemise de son pantalon et dévoile quelques centimètres de son ventre dur et hâlé. Ma gorge se serre, mon cœur s'emballe. Je le fixe, les tempes battantes, l'esprit enfiévré.

Je… ne sais même plus ce que je disais.

— Comment le savez-vous, si vous n'en avez aucune expérience ?

Son ton de défi me ramène brutalement à la réalité. Son bras retombe, et avec lui la chemise ; mais l'image de sa peau reste gravée sur ma rétine. Je veux voir son torse entièrement nu, le relief de ses épaules. Je cligne des yeux, mortifiée. Il suffit donc d'un homme séduisant pour me faire oublier les priorités de mon pays ? Décidément, je me déçois.

— Le territoire que vous convoitez a une grande valeur historique, expliqué-je.

— La parcelle est idéale. Je ne bougerai pas sur ce point.

Je baisse les yeux sur mes mains, la gorge nouée. J'avais un rêve pour ces terres – je voulais commanditer un centre artistique pour y célébrer la riche culture de Marlsdoven. Un espace où les jeunes pourraient apprendre et s'essayer à la création. C'est un fantasme qui ne verra jamais le jour.

— Votre Premier ministre a déjà accepté la vente.

— Je sais.

— Mais vous n'êtes pas d'accord.

— Cela n'a pas d'importance, n'est-ce pas ? Seriez-vous d'accord pour changer de site à ce stade des négociations ?

— Ah, mais ça ne serait pas suffisant, pas vrai ? Vous

auriez les mêmes réticences idéologiques. C'est le casino qui vous pose problème.

— Écoutez, je suis en minorité, vous le savez. Mon Premier ministre et ma trésorière m'ont assuré que le Parlement soutient votre investissement à l'unanimité. Je n'ai aucune raison d'imposer mon veto.

— Mais ce sont les terres de la Couronne. Comme vous le disiez, votre signature est nécessaire.

Est-il en train de m'encourager ? Je ne comprends pas pourquoi il me rappelle le pouvoir que je détiens. N'est-ce pas contre-productif ?

— Je n'ai pas l'intention de m'opposer à mon Parlement.

— Vous êtes vraiment une terrible négociatrice.

J'écarquille les yeux, choquée par sa franchise, mais, à ma grande surprise… il me décoche un large sourire. Son visage se transforme ; ses yeux se plissent. Il dégage soudain une énergie solaire. J'ai l'impression d'être aveuglée, si captivée que je peine à me concentrer sur ses mots.

— Vous *pouvez* refuser de me vendre ces terres, *princesa*. C'est l'avantage que vous avez dans cette conversation. Alors faisons semblant que vous ne m'avez pas donné toutes les armes dont j'ai besoin pour gagner cette bataille, et revenons à vos arguments. Que désirez-vous de moi ?

Mon cœur se retourne. Je dépose délicatement ma tasse sur la table d'appoint avant de lever les yeux vers lui.

— Je veux…

Concentre-toi. Concentre-toi, pour l'amour du ciel. Il me fixe, patiemment. Son regard ne fait que me troubler davantage.

— Je veux des garanties. Je veux que vos employés soient à quatre-vingt-dix pour cent marlsdoviens, pendant la construction *et* au casino lorsqu'il ouvrira ses portes.

— J'ai toujours promis que cinquante pour cent du recrutement serait constitué de locaux.

— Ce n'est pas quatre-vingt-dix.

Il arque un sourcil, et ses lèvres s'incurvent sur un demi-sourire.

— Je ne peux pas vous promettre ça.

— Et pourquoi pas ?

— Je ne sais pas si vos entrepreneurs seront les meilleurs du marché, et je n'engage que les meilleurs.

— Vous pensez que Marlsdoven ne peut pas vous fournir une qualité de travail à la hauteur de vos exigences ?

— Le « meilleur » inclut beaucoup de choses : la qualité, le budget, la gestion, l'expérience. Je travaille avec une équipe d'architectes basés à New York.

— Je sais, mais cela rentrera sans peine dans les dix pour cent restants.

— Quoi d'autre ?

— Donc vous êtes d'accord ?

— Non. Mais je suis intéressé par vos demandes. Allez-y, je vous écoute.

Il est si proche de moi – un ou deux pas à peine. Je sens le danger, mais je ne bouge pas. Rester dans son orbite a quelque chose d'hypnotique, d'addictif.

— Ma première inquiétude, c'est l'impact de ce projet sur mes citoyens. Je veux m'assurer qu'ils tireront avantage de cette vente sur le long terme, car la Couronne ne pourra pas récupérer ces terres. Et c'est d'autant plus important si c'est un casino qui ouvre ses portes, avec tous les problèmes qu'un tel établissement entraîne.

De nouveau, je me tourne vers la baie vitrée. Le domaine que convoite Santiago est visible d'ici, sur la rive opposée de la rivière. Un jour, j'aurai vue sur son casino. En acceptant la construction, je trahis toutes les instructions de mon père.

— C'est plus qu'un casino. Le complexe comptera aussi un hôtel six étoiles et plusieurs restaurants.

— Pour les clients du casino.

— Pourquoi y êtes-vous si opposée ?

— Je veux simplement m'assurer…

— Non, c'est plus que cela. C'est le concept qui vous déplaît. Pourquoi ?

— Cela ne fait pas partie de notre culture, c'est tout.

— Le jeu ? Le pari ? J'en doute.

— Tout le monde connaît le jeu, bien sûr, mais les casinos facilitent ses travers.

— Et c'est si inquiétant ?

— Je ne suis pas étonnée que vous ne compreniez pas, rétorqué-je, agacée.

Je pense à mon oncle, sa détresse, son désespoir, son obsession. Mais, face à moi, Santiago arque un sourcil.

— Comment dois-je prendre cette remarque, exactement ?

Je sais que je ne peux pas le blâmer pour un drame familial dont il n'a même pas conscience, mais la boîte de Pandore est ouverte, et je poursuis :

— Vous avez forgé votre fortune dans les casinos. Je ne m'attends pas à ce que vous réfléchissiez aux ramifications d'une telle institution sur une société. Vous avez la perspective d'un homme d'affaires : vous ne voyez que le bénéfice produit par la dépendance de vos clients, même s'ils dépensent tout l'argent qu'ils ont durement gagné en un claquement de doigts. Y avez-vous déjà songé ? Aux vies que vous avez brisées en poursuivant la construction de votre empire ? Ou êtes-vous entièrement dénué de scrupules ?

Il ne cille pas et ne laisse pas mon accusation le troubler.

— Si je ne poursuis pas ce projet, d'autres que moi le feront. Peut-être pas sur une terre de la Couronne, cependant. Dans ce cas-là, vous n'aurez aucune influence.

— J'en suis consciente.

Je sais que la bataille est perdue d'avance ; si je ne capitule pas devant lui, je devrai m'incliner devant quelqu'un d'autre, et sans les avantages que j'ai aujourd'hui.

— Je veux m'assurer que les bénéfices de votre projet aideront à financer la santé et l'éducation de mon peuple. Je veux que le casino crée des perspectives d'emploi pour les futures générations. Je veux qu'il fasse partie des plus prestigieux programmes internationaux d'éducation hôtelière. Marlsdoven perd tous les ans un peu plus de sa jeune population. Ils restent pour faire leurs études, mais partent ensuite à l'étranger pour leur troisième cycle ou leur premier emploi et ne reviennent pas. Je comprends très bien le rayonnement qu'aura votre casino, monsieur del Almodovár, et les avantages que mon pays pourrait en tirer. Mais je ne compte pas cacher mon point de vue sur les principes qui sous-tendent son activité.

Il me regarde en silence pendant plusieurs secondes. Suis-je allée trop loin ? Je voulais faciliter notre conversation, mais il me fait complètement perdre mon sang-froid…

— Vos parents sont morts il y a sept ans, dit-il enfin.

Ce n'est pas la riposte que j'attendais. L'attaque sort de nulle part et m'entaille comme la lame d'une épée.

— Oui.

— Vous aviez dix-sept ans. C'est très jeune pour endosser de telles responsabilités.

C'est vrai. J'avais l'impression d'être adulte, mais, avec le recul, je sais que je me voilais la face. J'étais une enfant, déchirée par le chagrin et néanmoins tenue de soutenir une nation endeuillée. Dès cet instant-là, mes sentiments sont toujours passés après mon devoir.

— Je m'en suis sortie.

Quand il hoche la tête, je vois de la compassion dans ses yeux. De la compassion… Je n'en veux pas. Je ne peux pas la supporter – je sais qu'elle me rendra faible, qu'elle me ferait monter les larmes aux yeux. Je m'éclaircis la gorge et me détourne.

— Je sais que vous prenez vos responsabilités très sérieusement. Et ce casino aidera Marlsdoven.

Il en parle déjà comme d'un fait accompli. Et il a raison : je ne peux rien arrêter, je le sais. Et pourtant, la frustration bouillonne dans mes veines.

— Les casinos ne sont bénéfiques pour personne, sauf leur propriétaire, qui fait sa fortune sur le dos de ses victimes.

C'est la mauvaise chose à dire ; un éclat de colère brille dans ses yeux comme une lame dégainée. Toute son amabilité disparaît en un éclair.

— D'accord. Mes casinos me rapportent de l'argent.

— De l'argent ? Des dizaines et des dizaines de millions de dollars chaque année. N'en avez-vous pas assez ? Un autre établissement est-il vraiment nécessaire ? Comment parvenez-vous à dormir, Santiago, quand chacun de vos nouveaux projets jette de nouvelles victimes dans le cauchemar ?

Il plisse les yeux.

— Vous ne savez vraiment pas de quoi vous parlez.

J'en tremble de fureur ; l'expression torturée de mon oncle me hante encore aujourd'hui.

— Oh ! si, croyez-moi, je sais exactement de quoi je parle ! Je déteste tout ce que vous représentez et je déteste l'idée de vous vendre ces terres.

— Que voulez-vous, Votre Altesse, tout le monde n'a pas le privilège d'être né avec une petite cuillère en argent dans la bouche.

Il montre le salon d'un geste suintant de mépris. J'aimerais lui siffler que mes difficultés dépassent de loin mes privilèges, mais j'opte pour une riposte plus mesquine :

— C'est vrai. Un peu de pedigree ne vous ferait pas de mal.

Ma remarque ne fait qu'aiguiser son sourire insolent.

— Vous voulez juste que « votre peuple » reste coincé au Moyen Âge.

— En le protégeant du jeu et de la cupidité ?

Il rit, un son rauque et profond qui fait courir un éclat électrique dans mes veines.

— Votre perspective est guindée et moralisatrice, vous en avez conscience ?

Je serre les poings, piquée au vif par l'insulte. J'ai besoin d'espace. Il est trop proche, trop… Trop *tout*. Je pivote.

— Dans chaque plaisir, il existe un risque de souffrance. Voulez-vous aussi bannir l'alcool car les gens peuvent devenir alcooliques ? Interdire de conduire pour punir les amateurs de vitesse ? Non. Vous ne pouvez pas protéger vos citoyens de tous les dangers. La vie et la liberté ne peuvent pas être contrôlées ainsi.

— C'est une réponse qui ne m'étonne pas, venue d'un homme aussi irresponsable.

Comme si je l'avais frappé, il relève un menton défiant.

— Sauf votre respect, énonce-t-il lentement, vous ne savez rien de moi ou de mes responsabilités.

— J'en sais assez.

— Parce que j'ai l'audace de posséder des casinos.

— Exactement. Et parce que vous vivez en célibataire hédoniste. Alcool, tabac, sexe, débauche, soirées décadentes et luxe effarant, et tout cela avec de l'argent sali par l'addiction. Alors, je vous le redemande, comment parvenez-vous à trouver le sommeil ?

— La débauche fatigue même les meilleurs d'entre nous, *princesa*, rétorque-t-il du tac au tac.

Le sous-entendu ne fait que conjurer une vision obscène que je lutte pour réprimer. La colère brûle encore mes entrailles, mais mes mains sont moites, et mon souffle court. Je presse deux doigts tremblants contre ma tempe.

— Écoutez, je ne voulais pas que cette conversation dégénère…

— Vous laissez vos opinions personnelles empiéter sur une proposition commerciale.

— C'est faux.

— Alors pourquoi mes mœurs ne dérangent ni votre Premier ministre ni votre trésorière ?

— Bien sûr que vos mœurs les dérangent ; ils sont tous les deux très intègres, et vous êtes…

Quand je pivote vers lui, je découvre qu'il a traversé la distance qui nous séparait. Il est tout proche, les yeux fixés sur moi ; son masque de froideur ne parvient plus à dissimuler sa fureur.

— *Sí* ? Qui suis-je, *princesa* ?

— Différent. Vous êtes différent, murmuré-je.

Ma colère enfle et retombe comme une vague, remplacée par quelque chose d'autre, quelque chose de dangereux. Je soutiens son regard sans ciller, tremblante.

Il est proche, si proche. Je brûle de le toucher, de le *sentir*. Je crispe les mains derrière mon dos pour les retenir.

Je sais que je devrais reculer.

Mais la tentation est trop forte.

Le silence monte en tension, électrique.

Je tiens bon, à quelques centimètres de lui.

— Très différent, assène-t-il en baissant les yeux sur ma bouche. J'imagine qu'ils ne vous contredisent pas comme je le fais.

Je secoue la tête, sans un mot, de peur peut-être qu'il se lasse et se détourne. Il ne me touche pas, mais ma chair fourmille et brûle. Je ne comprends pas. Je n'ai jamais convoité un homme de cette façon. C'est déplacé et inconvenant… Et cet interdit ne fait qu'attiser ma fascination.

— Et vous aimez qu'on vous contredise ? devine-t-il.

— Bien sûr que non.

Je mens, évidemment. Je ne peux pas avouer que je ne me suis jamais sentie aussi vivante qu'à cet instant. En réponse, il rit doucement ; il n'a pas besoin de me l'entendre dire pour me comprendre, de toute évidence.

— Préféreriez-vous que je parte ?

Oui. Oui, je préférerais qu'il parte. Cette conversation ne mène à rien et son attitude est un affront à la Couronne. Nous ne trouverons jamais un terrain d'entente. Je ne veux qu'une chose : qu'il disparaisse.

— Je…

Non. Impossible. Les mots ne dépassent pas mes lèvres.

Son visage s'éclaire de triomphe. Ses yeux cherchent les miens, pleins de défi. Je retiens mon souffle, le regard plongé dans le sien. Aussi légers qu'un souffle, ses doigts effleurent ma joue. Je réponds en la pressant doucement contre sa paume. Que m'arrive-t-il ? Comment puis-je réagir de cette façon ? Je suis la princesse de Marlsdoven et cet homme menace la sérénité de mon pays. Et pourtant, je reste là, captivée, hypnotisée ; frissonnante sous sa caresse.

— Venez avec moi en Espagne.

La proposition est délivrée d'une voix rauque, presque un murmure. Je cligne des yeux ; je ne suis pas sûre d'avoir compris. Son pouce frôle mes lèvres.

— Je ne peux pas.

— Venez voir mon casino. Vous pourrez vous former une opinion objective au sujet de ma proposition et de ses mérites.

Je ferme les yeux. À travers le brouillard de ma fièvre, la réalité reprend ses droits. D'un geste brusque, je fais un pas en arrière, et tente de retrouver les vestiges de ma colère.

— Non, merci ; je n'approuverai jamais les jeux d'argent.

— C'est bien plus que cela. Venez avec moi en Espagne. Vous verrez par vous-même.

Mon cœur se serre.

— Ou avez-vous peur de ce qu'il pourrait vous arriver si vous quittez votre cage dorée ?

— Peur ? m'étonné-je.

— Juste vous et moi, princesse. Pas de valets, pas de voyeurs. Nous pourrions explorer ce que nous désirons tous les deux. Cela ne vous intéresse pas ?

3.

Ses mots pulsent dans mon esprit comme un coup de tonnerre : le défi, l'assurance, l'intention. Un frémissement de peur et d'anticipation tremble le long de mon échine. Je me sens chanceler au bord de l'abysse qu'il vient d'ouvrir. Je dois dire quelque chose, faire quelque chose ; refuser sa ridicule suggestion !

— Mon rang me suit partout, malheureusement.

— Dans ce cas, je ne manquerai pas de toujours vous appeler « princesse ».

Sa promesse est murmurée, basse et sensuelle.

— Santiago…

— Votre Premier ministre et votre trésorière ne s'opposent pas à mon projet parce qu'ils savent ce que vous ne voulez pas admettre : les conséquences sur votre pays, votre peuple et votre avenir seront positives. Évidemment, les casinos ont leurs défauts, mais ma chaîne est peut-être la seule dans le monde à soutenir les associations d'aide aux ludomanes. Je pense simplement que vous avez peur de découvrir que vous avez tort.

— Je n'ai pas peur d'avoir tort.

— Alors que craignez-vous ?

S'est-il rapproché ? Nos corps se frôlent. J'entends mon souffle court, trop fort dans le silence du salon.

— Je ne suis pas…

Cette fois, c'est moi qui fixe sa bouche, ses lignes pleines, brisées par le relief aiguisé de sa cicatrice.

Et je brûle qu'il m'embrasse.

Qu'il m'embrasse ?

Non, non, je ne peux pas désirer une chose pareille.

— Vous me méprisez, affirme-t-il, si haut et solide devant moi qu'il semble former un mur entre nous et le monde extérieur. Vous me méprisez, moi, ma vie, mes choix, mon activité.

Je ne peux pas le nier.

— Mais, à cet instant précis, ajoute-t-il, vous aimeriez que je vous embrasse, pas vrai ?

Nos yeux se rejoignent sur un éclat de défi mutuel.

— Et alors ? rétorqué-je.

Un petit rire surpris lui échappe ; il baisse son visage vers le mien, tout proche – si proche que son souffle caresse mes lèvres.

— Venez en Espagne avec moi, répète-t-il.

Ce sont les derniers mots qu'il prononce avant de poser ses lèvres sur les miennes.

Le premier baiser de ma vie, et c'est avec un homme, comme il l'a dit lui-même, que je méprise.

Et rien ne m'a préparée à ce cataclysme.

Mon ventre se noue et s'enflamme, mon corps est paralysé et avide ; sa main trouve ma nuque et ses doigts plongent dans mes cheveux alors que ses lèvres me dévastent. Il n'y a pas d'autre mot pour décrire son baiser : sa bouche capture la mienne, sa langue me pénètre, et chaque seconde est une capitulation que je célèbre. Je gémis ma reddition sur sa langue. J'en veux plus – plus de lui, plus de ses caresses. Cette ferveur a le goût de l'agonie. Une agonie née du manque. Je sais que cette étreinte ne me suffira jamais.

Mes mains glissent sur sa poitrine et se pressent contre la chaleur de son torse dur. J'agrippe l'étoffe de sa chemise. Il m'embrasse durement, sans pitié ; sa cuisse ouvre mes genoux d'un mouvement si inattendu et si sexuel – si brûlant, si instinctif – que j'émets un son d'étonnement essoufflé.

Rien d'autre n'a d'importance ; seulement lui, et le brasier absolu qui me dévore.

Au fond de mon esprit, des sonnettes d'alarme hurlent. Je sais que c'est fou, et interdit, et dangereux, mais je ne peux pas lutter contre les désirs que je tiens en otage depuis si longtemps. Je rêvais de romance quand j'étais adolescente, mais j'ai toujours su que ces histoires n'étaient que fiction. Jamais je ne rencontrerais un homme qui mettrait feu à mon âme.

J'avais tort. Santiago del Almodovár et son rictus impudent font chavirer tous mes préjugés. Je baisse les armes, pas parce qu'il est trop fort pour moi, mais parce que je n'ai aucune envie de lui résister.

Il se détache le premier, juste assez pour briser le baiser, mais reste trop proche pour que mon trouble s'apaise.

— Viens la semaine prochaine.

— La semaine prochaine ? répété-je, confuse.

— Quelques jours à l'hôtel du casino. Tu pourras étudier le genre d'établissement que je veux monter à Marlsdoven.

— C'est impossible. Je ne peux pas venir en Espagne.

— Pourquoi pas ?

Mes mains sont toujours crispées dans sa chemise.

— Ce serait suspect… Je…

— Suspect ? Pourquoi donc ? roucoule-t-il, malicieux.

Mes joues s'enflamment. Son sourire est moqueur. J'ai l'impression d'être minuscule. Je secoue la tête, frustrée. J'essaie de retrouver mon sang-froid, de reprendre mes esprits, mais sa cuisse est toujours entre les miennes, chaude, rigide, et son visage est penché sur le mien…

Ma respiration est trop rapide. Mes seins sont tendus sous ma robe. Une brûlure liquide coule dans mes veines.

Je suis parfaitement, terriblement perdue.

— Je ne suis pas du genre à partir sur un coup de tête.

— Ce n'est pas un coup de tête.

— Une semaine… c'est trop. Mon emploi du temps…

— Tu te cherches des excuses.

Il pose un doigt sur ma bouche et recule, souplement, facilement. Il ne paraît même pas troublé. Sa respiration est mesurée. Il me regarde avec un calme que je lui envie terriblement.

— C'est une bonne décision stratégique, *princesa*. Tu as le droit de vouloir juger ce que je propose en personne, non ?

Je me mords la lèvre ; la proposition n'est pas illogique, j'en suis consciente, mais cela exige que je passe une semaine en Espagne. Avec Santiago.

Après ce baiser qui complique beaucoup de choses.

— Il faut que j'y réfléchisse, dis-je en évitant son regard.

— Réfléchis, acquiesce-t-il, et tiens-moi au courant.

Il va chercher son portefeuille sur la table basse et le remplace par une carte de visite. À grandes enjambées, il rejoint ensuite la porte.

Je le regarde faire, les sourcils froncés.

C'est... tout ?

Je ne veux pas qu'il parte, je veux...

Non. Ce que je veux est impossible. Ou, en tout cas, extrêmement malvenu. J'ai besoin de reprendre cette visite point par point, calmement, loin de lui.

Malgré moi, j'attends qu'il se tourne une dernière fois, qu'il me dise au revoir, qu'il revienne pour me donner un baiser d'au revoir... mais Santiago a terminé sa négociation. Il me quitte sans même me jeter un regard.

Mon cœur bat plus fort que jamais.

— Alors ? Comment ça s'est passé ?

Je lève les yeux sur Claudia, le front plissé. Claudia est ma conseillère ; elle est à mes côtés depuis mon adolescence. Elle a dix ans de plus que moi, presque jour pour jour, et si, quand j'étais plus jeune, cette différence lui donnait l'aura un peu distante d'une adulte, je la regarde maintenant comme mon amie la plus proche.

Mais nos vies sont drastiquement différentes. Si j'ai toujours vécu dans la protection du palais et que je suis, je le sais, encore naïve, Claudia est pleine d'expérience et de sophistication. Elle prend chaque année deux mois de vacances pour découvrir une nouvelle partie du monde, hors des sentiers battus, seule avec son sac à dos. Elle n'a peur de rien, elle est téméraire, déterminée à explorer, à apprendre. Il y a un mois, elle est revenue du

Népal et ses histoires de randonnées, de cuisine et de traditions inconnues m'ont remplie de bonheur et de curiosité.

— Bien, mens-je en avalant une longue gorgée d'eau.

— Oh ? Ça me surprend.

— Pourquoi ?

— Parce qu'il est réputé pour être un adversaire difficile. Je m'attendais à ce que vous vous chamailliez, surtout compte tenu de vos… doutes.

J'hésite, puis je pousse un soupir.

— D'accord, peut-être que nous nous sommes un peu « chamaillés ».

Je caresse mes lèvres, pensive. Santiago est parti il y a plusieurs heures, mais elles me brûlent toujours. Mon corps est encore électrifié de lui.

— Mais vous avez résolu le problème ?

— Pas exactement.

— Je croyais que les contrats devaient être signés aujourd'hui ?

Je grimace et secoue la tête. La culpabilité et l'indécision me rongent. C'est stupide : je ne fais que gagner du temps. Je ne veux pas décevoir mon peuple, ou refuser de revitaliser notre économie. Mais à quel prix ?

— Vous me cachez quelque chose, Votre Altesse.

Je retiens une grimace. J'ai l'habitude d'être complètement honnête avec Claudia, mais je ne peux pas partager mon secret avec elle. J'ai besoin de comprendre ce qui s'est passé avec Santiago, seule, au calme. De prendre mon temps. Je ne peux pas en parler.

— J'ai été trop franche avec lui, murmuré-je. Je lui ai parlé de mes objections sans mâcher mes mots.

— Oh ! Votre Altesse…, sourit-elle, les yeux pétillants d'amusement. Ne me dites pas que vous avez insulté le magnat milliardaire ?

Je grimace, les joues en feu.

— J'imagine que son ego ne l'a pas bien vécu, continue-t-elle. Il a plutôt l'habitude que les femmes lui tombent dans les bras.

— Tu penses vraiment qu'il… ?

Je cherche le mot adéquat ; elle me vient en aide :

— Que Santiago del Almodovár est un coureur ? Oh ! oui.

Elle remue les sourcils, espiègle.

— Je mettrais ma main à couper qu'il est encore pire que ce que dit la presse. Croyez-moi, j'en ai connu d'autres, des hommes comme lui. Très divertissants sur le coup, mais on ne peut pas leur faire confiance une seule seconde.

Je ne suis pas une personne jalouse, mais, illogiquement, je ressens un pincement de détresse.

— Je ne crois pas qu'une seule de ses relations ait duré plus d'une nuit. Probablement pas plus d'une heure, continue Claudia avec un clin d'œil.

Pourquoi cette idée m'irrite-t-elle ? Je ne connais même pas Santiago. Dans moins de six mois, on annoncera mes fiançailles avec l'homme que mes parents ont toujours voulu que j'épouse. Je ne l'ai rencontré que deux ou trois fois et je ne ressens rien pour lui, mais cela n'empêche pas que je ne devrais absolument pas perdre mon temps à fantasmer sur Santiago ou à m'agacer de ses aventures sordides.

Sauf que… son baiser m'obsède. Peu m'importe qu'il change de partenaire comme de chemise. J'ai aimé sa bouche, ses mains. J'ai aimé la façon dont il m'a traitée.

Comme une égale.

Oh… bien sûr. Voilà pourquoi je suis si fascinée. Santiago ne m'a pas traitée comme une déesse. Il a ignoré les conventions, le décorum, il m'a écoutée sans prendre mes désirs pour des ordres. Avec lui, je suis une personne, pas une figure intouchable.

— Il veut que je vienne en Espagne voir son casino à Barcelone.

— Ce n'est pas une mauvaise idée.

— Vraiment ? Je pensais que tu serais contre.

— Une fois qu'on a vu un casino, on les a tous vus ; mais vous n'y avez jamais mis les pieds, alors…

J'ouvre la bouche pour rétorquer, mais elle lève une main apaisante.

— Je sais que vous détestez le jeu, soupire-t-elle. Mais il faut choisir vos batailles, Votre Altesse. Passer à l'offensive ne fera que vous attirer des détracteurs. Alors pourquoi ne pas aller passer quelques jours dans son hôtel ? Vous aurez une opinion plus objective de la chose, et vous réussirez peut-être à faire valoir vos arguments.

Mais ce n'est pas le casino qui m'attire irrésistiblement ; c'est Santiago. C'est, pour la première fois de ma vie, le désir dévorant de partir à l'aventure. Mes journées sont organisées heure par heure. Toute ma vie est planifiée, jusqu'à mes amitiés – jusqu'à mon mariage. Et si c'était ma dernière chance de vivre spontanément ?

La tentation me brûle, et avec elle celle de revoir Santiago hors du palais – loin de la déception de mes parents, du regard de mon peuple. Loin de mon trône.

— J'ai peur que cela envoie le mauvais message, remarqué-je en espérant que Claudia me ramènera à la réalité et me sauvera de moi-même.

— Alors ne le dites à personne.

— Bien sûr. Je vais passer la sécurité de l'aéroport en cachette. Moi, mes bagages et mes gardes du corps.

— Vos agents peuvent vous suivre de loin, dit-elle en riant. Quant à être reconnue…

Elle fouille ma chambre du regard et va pêcher une casquette sur l'armoire.

— Vous devriez vous essayer au stratagème consacré du déguisement.

Pour que mon excursion reste secrète, Claudia s'occupe de chaque détail. Elle s'entretient personnellement avec le secrétaire chargé de mon planning. Mon escapade est notée comme un « séjour personnel ».

J'attends que tout soit validé avant de sortir la carte de Santiago, que j'avais rangée dans ma table de nuit. Mes doigts ne tremblent pas quand je compose son numéro, mais mon estomac se noue en entendant la tonalité. Je me plante devant la fenêtre, les yeux fixés sur la rivière.

Si je vais au casino, c'est pour les affaires. Il n'a pas besoin de savoir que ce sera aussi la première et la dernière fois que je goûterai à la liberté. Que l'attrait d'échapper à la Couronne, même quelques jours, est irrésistible. Et je ne vais pas en Espagne pour lui – même s'il est le premier homme à avoir flirté avec moi si insolemment, le premier homme à m'avoir touchée avec une ardeur qui me fait encore frémir.

Je n'y vais pas pour lui, mais, dès qu'il répond, sa voix s'insinue sous ma chair, solaire comme du miel.

Je frissonne. Je me maudis.

— Del Almodovár, dit-il, le timbre dur et l'accent fluide.

— Santiago, c'est Freja Henriksen. De Marlsdoven.

Je grimace, déjà mortifiée. « De Marlsdoven » ?

À l'autre bout du fil, un moment de silence, puis une porte se referme. Sa surprise est évidente lorsqu'il reprend :

— Votre Altesse. Comment allez-vous ?

Le vouvoiement est étrange, après notre dernier contact. Ce retour à la politesse a quelque chose de trop froid, trop distant.

— Bien.

— Parfait. Que puis-je faire pour vous ?

Une voix de femme s'élève en arrière-plan. Je ne comprends pas ce qu'elle dit – elle parle vite, et mon espagnol n'est que passable. Je ne suis pas idiote, cependant. Il est très tard et je me doute de ce que j'ai dû interrompre. Je presse une main contre mon front trop chaud, mortifiée.

La description de Claudia me revient. Un coureur. Je ferais bien de ne pas oublier à qui j'ai affaire.

— Peut-être devrais-je vous rappeler à un horaire plus approprié ?

Je ne peux pas m'en empêcher : ma voix est coupante. J'imagine très bien son rictus moqueur.

— Oh ? L'horaire n'est pas approprié ?

Quel mufle. Il s'amuse beaucoup trop à me provoquer !

— Peu importe, rétorqué-je, piquée. Écoutez, j'ai décidé d'accepter votre offre.

— Juste pour clarifier – quelle offre ?

Je fronce les sourcils.

— Votre invitation… ? À séjourner quelques jours dans votre casino à Barcelone… ?

Un silence. Mon cœur s'emballe.

— Vous vous souvenez de m'avoir invitée, n'est-ce pas ?

— Oh ! oui, *princesa*. Mais nous avons discuté d'une autre proposition, cet après-midi-là, si je me souviens bien.

Une vague de chaleur déferle en moi – non, pas de chaleur : d'indignation ! Quelle impudence ! Il est aussi insupportable que Claudia le disait. Me rappeler ses sous-entendus indécents alors qu'il est avec une autre femme !

— Je ne vois pas de quoi vous parlez. Mais soyez tranquille, je ne me déplace *que* pour votre casino.

Il rit doucement ; le son est doux et bas, et tous mes sens sont en éveil.

— Très bien. Je vous ferai préparer la suite présidentielle.

— Ce n'est pas nécessaire. Ma conseillère a tout organisé. Oh ! Monsieur del Almodovár ?

Je prends soin d'utiliser son nom de famille. D'établir les limites que j'ai bien l'intention de respecter.

— Une dernière chose. Ma visite doit demeurer secrète. J'aimerais que vous restiez discret sur le sujet.

— Vous avez honte d'être vue dans mes casinos ?

— Dans n'importe quel casino, rétorqué-je.

Pourquoi suis-je si acerbe avec lui ? J'ai toujours eu un réel talent pour la diplomatie, et pourtant, je passe mon temps à le défier. Il me pousse dans mes retranchements sans aucun effort.

Pire. Il s'en amuse.

« Et vous aimez qu'on vous contredise ? »

— Très bien. Votre visite restera privée. Quand arrivez-vous ?

— Mon assistant vous enverra les détails. Ne vous dérangez pas, je n'ai pas besoin que vous vous occupiez de moi. N'oubliez pas, je viens pour le casino, pas pour vous.

De nouveau, il rit, un rire de gorge bas.

— Oui, j'ai bien compris, Votre Altesse.

Je sais qu'il utilise mon titre pour se moquer de moi, mais mon ventre se crispe de désir ; il va me rendre folle.

— Je ne veux pas que ma visite soit analysée par…

— Votre peuple, je sais.

Il est dédaigneux parce qu'il ne peut pas comprendre. Les attentes qui pèsent sur mes épaules, les spéculations de tout un chacun, la nature entièrement publique de mon existence.

— À plus tard, dans ce cas, dis-je.

Mais je ne raccroche pas. Et lui non plus.

Je me mords la langue. Plus que tout, j'aimerais lui demander qui est avec lui. Les mots me brûlent la gorge, mais je me force à les ravaler. Rien de cela ne me concerne. Ce baiser n'était qu'une erreur, une aberration. Je ne perdrai plus le contrôle de cette façon. Santiago est hors limite pour une myriade de bonnes raisons. Et surtout, je le trouve insupportable !

— Bonne nuit, Santiago, dis-je encore, et j'ai le plaisir de raccrocher la première.

4.

Finalement, je parviens à négocier un séjour avec seulement deux gardes du corps. Ils gardent leurs distances et, quand j'atterris à Barcelone, avec mes lunettes de soleil et ma casquette, je me sens anonyme. Anonyme et si *libre.*

C'est un après-midi ensoleillé, rafraîchi par une brise douce. Je me prends à sourire, noyée dans la foule des passagers qui s'élancent vers le terminal. Je me fonds dans la masse avec excitation. Quand je montre mon passeport à la douane, l'agent me reconnaît et fait la révérence, mais, Dieu merci, personne ne semble le remarquer ; j'oublie vite le malaise qui s'ensuit et suis les flèches jusqu'aux bagages.

Je regarde autour de moi, les yeux écarquillés. Je n'ai jamais voyagé sur un vol commercial. D'habitude, mes vols ne sont que faste, protocole et ambiance feutrée. Ici, l'aéroport est bruyant, et je suis libre de mes mouvements. Les gens parlent, les enfants jouent et rient, les adultes sermonnent ou râlent. Tout est si différent des interactions discrètes et minutieuses qui régissent d'habitude mon existence.

Et je veux me souvenir de tout !

Je ne sais pas vraiment comment trouver ma valise, mais un de mes agents, en civil, s'approche. Je ne peux pas m'empêcher de sourire en le voyant en jean et en T-shirt.

— Par ici, Votre Altesse.

— Rappelez-vous, Alex, vous devez m'appeler Freja pendant ce séjour.

Il arque un sourcil sceptique mais, comme il ne réplique pas, j'ai encore un peu d'espoir. Il me fait signe de le suivre. Je me fige net en voyant le tapis roulant.

Santiago del Almodovár nous attend devant.

Mon pouls bat dans ma gorge, mon sang s'éveille. Impossible de l'ignorer, malgré ses vêtements décontractés. Il a troqué son costume savamment iconoclaste pour un jean noir et un T-shirt gris dont il a retroussé les manches longues jusqu'aux coudes. Il porte une casquette et des lunettes aviateur. Comme ses avant-bras sont découverts, je remarque pour la première fois ses tatouages : un serpent s'enroule jusqu'à son poignet gauche, et une phrase calligraphiée orne son bras droit.

— Lars, pourriez-vous prendre mon sac ?

— Bien sûr, madame.

« Madame »… Bon, c'est un compromis comme un autre. Je laisse mes agents et avance vers Santiago, le menton haut, déterminée à ne pas trahir mon trouble.

— Monsieur del Almodovár, que faites-vous ici ?

Il lève ses lunettes.

— À votre avis ?

Mon cœur rate un battement.

— Je suis venu vous chercher. J'ai même apporté un déguisement, ajoute-t-il en montrant sa propre casquette, mais je vois que vous aviez tout prévu.

— Vous êtes venu… me chercher ?

Parfait. Je ne rate pas une occasion de passer pour la pire des idiotes.

— Vous allez dans un hôtel six étoiles, pas vrai ? C'est la formule tout compris, chauffeur inclus.

— Je ne suis pas… J'ai…

Il pose un doigt sur mes lèvres et, instantanément, le souvenir de sa bouche me revient ; possessive, assurée, comme s'il avait tous les droits.

Mais il n'a *aucun* droit. Je ne suis pas une de ses amantes.

Je repousse sa main d'une tape sèche et recule d'un pas.

— Arrêtez.

Ses yeux étincellent comme de l'onyx.

— J'ai des agents avec moi.

— Et vous vous proposez de les lâcher sur moi si je vous touche ? raille-t-il de son ton insolent.

Malgré moi, je souris et secoue la tête.

— Ce n'est pas ce que je disais.

— Ah, je vois. Vous voulez bien m'embrasser quand nous sommes seuls, mais pas quand il y a des témoins. Imaginez que quelqu'un vous voie flirter avec un homme comme moi !

Son évaluation est terriblement juste mais je n'en montre rien.

— Santiago del Almodovár aurait-il un complexe d'infériorité ?

— Pas de complexe, non. Je suis juste amusé. Je ne pourrais pas vivre ma vie en m'inquiétant sans arrêt de ce que les gens pensent de moi.

— Clairement, raillé-je.

— Votre valise ?

— Mes agents s'en occupent.

— Ils ont l'adresse de l'hôtel ?

— Bien sûr.

— Très bien. Dans ce cas ils pourront nous suivre.

Il glisse mon bras sous son coude, mais je l'arrête avant qu'il puisse me guider à travers la foule ; si mes agents pensent que je suis en train de me faire kidnapper, ma couverture ne fera pas long feu. Je pivote légèrement et, comme je m'y attendais, mes gardes sont déjà aux quatre cents coups, Alex prêt à dégainer son arme.

Je secoue immédiatement la tête et attends qu'ils nous rejoignent.

— Alex, Lars, je vous présente M. del Almodovár, notre hôte pour cette semaine. Je vais monter en voiture avec lui.

— Mais, Votre Altesse…

Ah, ils ont déjà oublié notre petite conversation sur mon titre.

— Tout ira bien. Je lui fais confiance.

Ils ne sont pas convaincus, mais comme ce séjour enfreint déjà toutes les règles de sécurité, ils capitulent avec réticence.

— Très bien. Où êtes-vous garé, monsieur del Almodovár ?

Santiago leur décrit sa position et la voiture avant de les abandonner devant le tapis des bagages. Cette fois, je le laisse m'entraîner à travers l'aéroport ; sa main, sur mes reins, me brûle à travers ma chemise.

Il y a du monde dans l'ascenseur et je le sens derrière moi, tout proche – son corps chaud et solide, l'épice discrète de son parfum. Ici, anonyme, dos à lui, entre tous ces inconnus, je peux fermer les yeux. Inspirer profondément. Faire tomber sur mes traits un masque de fausse sérénité.

Quand les portes annoncent notre arrivée, sa voix toute proche s'élève sans effort au-dessus du brouhaha – un simple « *Perdóname* », et la foule s'écarte.

Où que j'aille, je suis habituée à une certaine déférence. Les gens m'« obéissent » – je n'aime pas le terme, mais c'est indéniable. Aujourd'hui, cependant, ce n'est pas mon statut qui force l'allégeance : c'est l'aura de Santiago. Je ne sais pas s'il est reconnu par ses pairs ou s'il dégage une autorité innée, mais je reconnais les effets de son charisme. Chaque mot est accepté comme un ordre. Même mes agents ont écouté ses injonctions sans broncher.

Évidemment, sa voiture est noire, racée, un modèle de sport aux vitres teintées. Le capot arbore un insigne doré que je ne reconnais pas. À notre approche, les phares clignotent. Il me surprend en me précédant pour m'ouvrir la portière ; quand je me glisse sur le siège, sa main effleure mon bras.

— Je suis heureux que vous soyez venue.

Mon ventre se crispe. Je lève les yeux vers lui. De nouveau, je suis écartelée entre mes désirs et mes responsabilités, entre la tentation et l'obligation. Mon mon corps brûle.

— C'était une belle opportunité de jauger votre établissement. Merci de l'avoir proposé.

Un demi-sourire joue sur ses lèvres ; je sens son cynisme. Il hoche la tête, ferme la portière, puis contourne la voiture. Dès qu'il prend place, l'habitacle me semble infiniment plus petit. La puissance de sa présence me submerge. Je suis douloureusement consciente de son corps, du relief de ses cuisses musclées sous l'étoffe tendue de son pantalon, de son odeur, de ses grandes mains sur le volant. Il me jette un coup d'œil, puis regarde dans le rétroviseur.

— Votre équipe ?

Une voiture noire arrive dans notre direction. Quand je me tourne, Alex baisse la vitre du conducteur pour que j'identifie son visage ; je hoche la tête, et Santiago recule sur une manœuvre souple avant d'accélérer vers la route. Chaque accélération fait vibrer le moteur sous mes pieds, une énergie excitante et pure, seulement bridée par l'assurance de son conducteur. Mon regard vogue sur ses avant-bras musclés et ses doigts hâlés lorsqu'il change les vitesses, vif, mesuré.

Ce n'est pas la première fois que je viens en Espagne, mais il y a quelque chose de totalement inédit dans cette visite incognito, sans programme officiel, sans rencontres politiques. Autour de moi, tout scintille d'une magie nouvelle. Quand nous arrivons vers la ville, je peux profiter de sa beauté. Ses bâtisses baroques jouxtent les constructions modernes et éclectiques ; les magnifiques églises de la Renaissance, avec leurs pignons de pierre larges et sombres, contrastent exquisément avec les influences colorées de Gaudí.

Nous traversons un quartier chamarré, plein d'édifices mitoyens et de terrasses chatoyantes, pointillées d'auvents rouges et de fleurs fraîches. Santiago ralentit dans la rue étroite et encombrée. Sur le trottoir, je regarde les gens assis avec un verre, les ombrelles ouvertes, les vêtements élégants et décontractés. J'aimerais être parmi eux. J'aimerais profiter des tapas, du vin, de la tiédeur de l'après-midi, des rires d'amis proches que ma position ne m'a jamais permis d'avoir. Les regrets me pincent un peu le cœur.

— Pourquoi tant de mélancolie ?

Je sursaute et me tourne vers Santiago.

— Pardon ?

Ses yeux ourlés de longs cils sombres sont poudrés d'or dans la lumière de l'été. Les taches de rousseur qui constellent son nez attirent irrésistiblement mon regard.

— Vous soupirez.

— Oh. C'est… C'est juste très joli.

Il jette un œil vers les terrasses, par-dessus mon épaule.

— Nous pouvons venir dîner ici, si vous voulez.

Un sursaut de chaleur me traverse. Il s'attend à ce que nous passions la soirée ensemble ?

— Je suis venue pour étudier votre casino.

Je ne peux pas m'empêcher d'être sur la défensive. Je ne comprends pas sa stratégie. Ma voix est hautaine, alors même que je rêve secrètement de profiter de ma nouvelle liberté. Je m'entends poursuivre :

— Dîner dans les rues de Barcelone serait charmant dans d'autres circonstances, mais ce n'est pas nécessaire à mon évaluation.

Il soutient mon regard une seconde, puis, avec un rictus amusé, il revient à la route.

— C'est à l'école des princesses qu'on vous apprend à ne jamais vous amuser ?

Ah. Toujours aussi impudent, et je ne peux pas m'empêcher de sourire.

— Désolée de vous décevoir, mais il n'y a pas d'école de princesses.

— Vraiment ?

— Mais j'ai appris à suivre les conventions.

Je ne peux pas lui expliquer que ma vie est régie par les attentes de mes parents. Il se moquerait sûrement de moi, et je ne pourrais pas le supporter.

— Et vos conventions vous empêchent de sortir dîner avec moi dans un petit restaurant ?

— Je ne pensais pas dîner avec vous *du tout*.

Son rire est bas, rauque.

— Qu'est-ce qu'il y a de si drôle ? dis-je, piquée.

— Vous êtes déterminée à faire semblant de ne pas vouloir me voir alors que nous savons tous les deux que c'est faux.

Sa main quitte le levier de vitesse et effleure l'étoffe de ma jupe, à la hauteur de mon genou. C'est juste un frôlement, et pourtant mon sang s'enflamme.

— On m'avait avertie de votre arrogance.

— Je n'en doute pas, dit-il en riant.

Il n'a aucun remords. Je croise les bras ; je suis troublée par son honnêteté si… époustouflante. Par sa beauté, aussi. Je cherche à reprendre pied et change de sujet :

— Vous avez deux tatouages…

— Plus que deux.

Le regard qu'il me lance est taquin, une invitation lascive qui embrase mes joues. Mon cœur trébuche.

— Je… Santiago, écoutez. Ce qui s'est passé entre nous…

— Quand nous nous sommes *embrassés* ?

Décidément, il ne me laisse aucun répit, aucune défense.

— Oui. Embrassés. C'était une erreur.

— Oh ?

Il bifurque hors du centre-ville et descend vers la plage. Au loin, l'eau scintille sous le soleil comme si elle était poudrée de diamants. Malgré les virages serrés, il conduit souplement, expertement, et vérifie dans le rétroviseur que mes agents suivent toujours.

— Vous n'aimez pas qu'on vous embrasse ?

Je ne préfère pas imaginer comment il réagirait si je lui disais que c'était mon premier baiser.

— Il n'est pas convenable que *vous* m'embrassiez.

Très brièvement, ses phalanges blanchissent sur le volant ; c'est le seul signe indiquant qu'il m'a entendue. Il descend la pente qui mène à un parking souterrain. Je remarque, au-dessus de nous, un monolithe d'acier et de verre – nous sommes arrivés à son casino, le premier, celui qu'il a fait construire il y a environ dix ans, à vingt et un ans.

— Pourquoi pas ? lance-t-il finalement.

Que veut-il que je lui dise ? Que je n'ai pas le droit d'embrasser n'importe qui sous prétexte que je trouve une personne séduisante ? Que je suis censée épouser un inconnu que mes parents ont choisi avant de mourir ? Que je dois mieux à mon pays que de devenir une des nombreuses aventures sans lendemain de Santiago, et la risée des médias ?

— Je sais ce qu'on attend de moi, et ce n'est pas de bécoter mes invités officiels dans le salon royal.

Il se gare prestement et éteint le moteur. Quand il se tourne vers moi, son regard emprisonne le mien. Entre nous, l'air brasille. Il suffit d'un rien : le désir grimpe en moi comme un accès de fièvre. Je me retiens de me pencher vers lui. Malgré mes beaux discours, je ne veux qu'une chose : qu'il traverse l'espace qui nous sépare encore. Mon cœur bat à tout rompre. Je retiens mon souffle. Je m'arrache à l'intensité de ses prunelles, juste un instant, pour regarder sa bouche. Chaque détail me revient : la brûlure de ses lèvres, la hardiesse de ses mains…

— Et pourtant, vous voulez quand même que je vous embrasse, dit-il.

— Mes désirs et mes devoirs ne sont pas toujours en adéquation.

— Me désirer va à l'encontre de vos devoirs ?

Je hoche la tête. Je suis si proche, maintenant ; mon corps touche presque le sien. J'aimerais… J'aimerais que ses mains remplacent la ceinture de sécurité ; qu'il touche mon épaule, mon ventre, mes cuisses. Je frissonne.

— Pourquoi ?

Dans le parking, le bruit des portières me ramène à la réalité. Mon équipe de sécurité. Leur approche donne à notre conversation un goût d'urgence.

— Parce que je suis moi, et vous êtes… vous.

— Et qu'est-ce que ça veut dire ?

— Dans un an, je serai reine de Marlsdoven. Même si j'étais intéressée par ce que vous proposez, c'est impossible. Je ne suis pas libre d'entretenir des liaisons sans lendemain. Mon peuple attend mieux de moi.

— Alors comment gérez-vous vos relations, d'habitude ?

Il a l'air sincèrement intéressé, le regard curieux plutôt que suggestif. Je baisse le mien sur mes genoux ; je ne sais pas si je devrais lui dire la vérité. Il cesserait sûrement de s'intéresser à moi s'il savait que j'étais vierge. Je suis une idiote – je n'ai aucune intention d'explorer ce qu'il y a entre nous, mais je ne veux pas pour autant qu'il me regarde avec dégoût ou avec pitié.

— Vous ne pouvez pas comprendre, soupiré-je. Je ne suis *jamais* seule. Au palais, il y a mes employés, mes conseillers, mes agents. Dehors, en vertu de ma naissance, les citoyens me voient comme quelque chose qui leur appartient, en quelque sorte. Une princesse est un idéal. C'est ce à quoi mon éducation m'a toujours préparée.

— Et si vous ne vous y tenez pas ?

— Je préfère ne pas y penser.

Je détache ma ceinture et me détourne à regret, une main sur la poignée.

— Merci encore d'être venu me chercher, Santiago.

Pendant une longue seconde silencieuse, je sens ses yeux sur moi ; avant que j'ouvre la portière, il pose une main légère sur mon genou.

— Ce soir, dînez avec moi. Dans votre suite.

Ma gorge se noue.

— Non, Santiago.

C'est trop intime. C'est trop intime, n'est-ce pas ?

Ses doigts glissent sous mon menton et tournent mon visage vers le sien, délicatement. Nos regards s'accrochent. J'aimerais le supplier. J'aimerais lui faire comprendre la difficulté de ma situation.

— Refusez parce que vous n'avez pas envie de me connaître, *princesa*, mais pas parce que vous avez peur.

Princesa. Mon titre sur sa langue a quelque chose de ravageur. Ses doigts m'abandonnent et me manquent immédiatement. Et il a raison. J'ai envie de le connaître. Alors je capitule.

— J'imagine que nous pourrions en profiter pour parler plus avant des détails de votre projet, dis-je, les dents serrées.

Je ne le regarde pas, dans l'espoir d'échapper à la perspicacité amusée de son regard sombre. Il a la gentillesse de ne pas relever.

— À ce soir, alors.

Un frémissement me traverse, mais ce n'est pas de la nervosité – non, c'est un frisson d'anticipation, de chaleur, un éclair d'excitation à l'idée de ce qui m'attend.

5.

Nous n'avons pas fixé d'horaire pour dîner. Je m'en aperçois quand le soir arrive puis s'égrène sans que Santiago fasse son apparition.

Malgré ma demande, on m'a installée dans la suite présidentielle. Elle est bien trop grande pour moi. Elle compte plusieurs chambres somptueuses. La grande pièce à vivre est dotée, entre autres, d'un piano à queue blanc, d'un sol en marbre, et d'immenses baies vitrées voilées par des rideaux dorés. Il y a aussi une cheminée, pour les nuits d'hiver, sans doute, quoiqu'il soit difficile pour moi d'imaginer l'Espagne autrement qu'à cet instant, baignée d'une lumière crépusculaire, aussi magique qu'estivale.

Dans la cuisine, je découvre que les placards sont pleins de spécialités espagnoles. J'envisage de me servir des olives et du pain frais quand on toque enfin à la porte. Je sais que c'est lui, mais mon éducation me retient d'aller lui ouvrir. J'entends Alex s'en charger puis annoncer l'arrivée de Santiago. L'expression de mon garde du corps est impassible, mais je me demande ce qu'il pense de cette situation.

J'oublie vite mes inquiétudes. Dès que Santiago entre dans la pièce, ma bouche s'assèche, mon esprit se focalise sur lui. Il porte un costume noir et décontracté. Le col déboutonné de sa chemise blanche dévoile des poils sombres, comme le jour de notre rencontre. Il retire sa veste, la jette sur le dossier d'un sofa, puis remonte ses manches d'un geste fluide.

— Bonsoir, Santiago.

Mon cœur bat la chamade. Pour seule réponse, il avance vers moi. Je ne peux m'empêcher de remarquer le mouvement félin de ses pas, la ligne racée de sa taille. La coupe de sa chemise souligne parfaitement la puissance de ses épaules. Je me souviens de son étreinte, de son torse dur sous mes doigts. Je me force à détourner les yeux, mais cela ne sert à rien : il est gravé dans mon esprit. Il est assez proche maintenant pour que son odeur me parvienne, subtile et épicée. Quand je relève les yeux, son regard m'attend déjà.

— Vous avez passé un bon après-midi ?

— Parfait, oui.

— Vous avez fait un tour à l'étage des jeux.

— Vous m'espionnez ?

— Vous n'êtes pas la seule à avoir une équipe de sécurité.

— Vous en avez besoin ? lui dis-je, étonnée.

— Particulièrement au casino, oui.

C'est logique ; sa fortune est astronomique, mais j'ai du mal à imaginer qu'on puisse avoir l'audace d'attaquer un homme comme lui.

— Et vos agents m'ont espionnée, donc.

Son sourire est espiègle.

— Non. Je les ai simplement prévenus de votre venue afin d'assurer votre sécurité.

Ses doigts viennent caresser ma joue, très délicatement ; mon souffle chancelle, et une sonnette d'alarme hurle au fond de mon crâne.

— Une précaution normale pour nos invités de marque.

Bien sûr. Je recule d'un pas et rétorque :

— J'étais censée rester incognito. J'ai pris un vol commercial et je voulais une chambre ordinaire…

— Mais vous n'êtes pas ordinaire, *princesa*, quoi que vous fassiez. Et s'il vous arrivait quelque chose dans un de mes établissements, les conséquences seraient très dommageables.

Un éclair de déception me traverse, bien vite remplacé par la conscience de ma propre naïveté. Qu'est-ce que j'espérais ? Qu'il veuille me protéger ? Sa sollicitude n'est pas d'ordre personnel. Il s'inquiète pour sa réputation et son commerce, et c'est parfaitement normal.

— Ce n'est pas nécessaire, Santiago. J'ai ma propre équipe, comme vous le voyez. Je peux vous offrir un verre ?

Peut-être pour le fuir, je pars vers la cuisine. Il me suit avec une pointe d'amusement.

— Allons, je ne peux pas vous laisser me servir, *princesa*. Que dirait votre peuple ?

J'arque un sourcil.

— Je suis encore capable de verser deux verres de vin.

— Je n'étais pas sûr que vous buviez, murmure-t-il en ouvrant la porte du frigo avant moi.

De nouveau, il est trop proche, posté à quelques centimètres. Il attrape une bouteille.

— Seulement quand je ne travaille pas.

Son regard trouve le mien ; son visage est d'une beauté à couper le souffle, éclairé par un demi-sourire taquin que je ne comprends que trop tard. Oh ! pour l'amour du ciel. Je viens d'admettre que cette soirée n'a rien de professionnel.

Il me lance un clin d'œil, mais ne retourne pas le couteau dans la plaie. Il me tend mon verre.

— Qu'est-ce que c'est ?

— Un *godello.*

Je lève le verre à mon nez et inspire l'arôme du vin avant de prendre une gorgée, les yeux fermés. Le goût est floral, puissant, équilibré par une acidité délicieusement piquante.

— Hum, c'est magnifique.

Son rire est rauque et amusé.

— Heureux de vous l'entendre dire. J'ai juste assez de vignes pour faire un petit vintage chaque année. Vous êtes en train de boire le 2012.

— Vous faites du vin ?

— C'est un de mes hobbies.

Je cligne des yeux et prends une autre gorgée. Étrangement, savoir qu'il a participé à sa création donne plus de profondeur encore à sa saveur.

— Pourquoi êtes-vous surprise ? s'enquiert-il.

— Je m'attendais à des hobbies plus… frivoles.

Je ne sais pas qui de nous deux a réduit la distance ; nous sommes trop proches. Je vois chaque détail de son visage.

— Vous me trouvez frivole ?

— Non. Je pense que…

Je cherche le mot adéquat, en vain. Je secoue la tête.

— Votre style de vie est documenté…

— Ah, et vous pensez que vous savez tout de ma personnalité parce que vous avez vu quelques photos de moi sur un yacht ?

Son ton est léger, son expression taquine, mais sa question a un poids réel.

— J'ai tort ?

Son sourire est mâtiné de tension ; quelque chose dans son regard me donne la chair de poule.

— Non, *querida*. Pensez ce que vous voulez.

Cette fois, c'est lui qui choisit d'approcher, un pas de plus dans mon espace. Il me domine de toute sa taille, et son aura m'entoure, me comble, m'embrase.

— J'aime les femmes, déclare-t-il en posant son verre sur le comptoir. J'aime le sexe. Et j'aime aussi faire du vin.

Je lutte tant bien que mal contre les images que ses mots m'inspirent. Je hoche la tête, l'esprit embrumé.

— Et vous, qu'aimez-vous faire ?

Est-il vraiment intéressé ? Je ne sais pas si la conversation a encore de l'importance – entre nous, un rythme brûlant pulse et croît au rythme d'un tambour de guerre. Mon corps ne se tend plus que vers Santiago, en suspens, en attente, brûlant d'anticipation frémissante.

— Je n'ai pas de hobby, avoué-je.

Il arque un sourcil sombre, surpris. Il approche encore ; nous nous touchons presque. Je peux sentir son souffle sur ma joue.

— Impossible. Tout le monde a des intérêts en dehors du travail.

— Je ne vous mens pas. Mon travail, c'est toute ma vie. Ou peut-être que ma vie est mon travail.

Il fait claquer sa langue.

— Ça doit être très ennuyeux.

— Absolument pas ! Je prends mes responsabilités très au sérieux.

— Oui, comme le prouve votre irréprochable réputation.

— Vous m'avez googlée ?

— Bien sûr.

Je retiens une grimace. Cela fait longtemps que je n'ai pas cherché mon nom sur Internet, mais je peux imaginer le résultat : un tableau exemplaire. Aucune spéculation sur ma vie amoureuse, aucune spéculation *tout court*. Je ne sors jamais des sentiers que le palais a battus pour moi, des lignes de conduite que mes parents ont érigées bien avant que je sois en âge de les observer.

— Vous êtes une excellente princesse, et aimée de tous.

— Mais vous n'êtes pas impressionné.

— Parce que vous vivez un mensonge.

J'émets un hoquet de surprise ; son ton est si certain qu'il en est blessant.

— Quoi ? J'ai tort ? Votre vie est faite de mesure et de détachement, votre sourire est froid, vos habits sont guindés. Et pourtant, vous n'êtes ni froide ni détachée. Pas quand je vous embrasse.

Et, avant que je puisse envisager une réponse, il joint le geste à la parole – il se penche sur moi et pose ses lèvres sur les miennes, capture ma bouche, cherche ma langue, son corps puissant pressé contre le mien. Il m'embrasse jusqu'à ce que je sois exactement ce qu'il vient de décrire : le contraire absolu de la froideur et du détachement.

Je suis assoiffée de lui, douloureusement consciente de mon corps, du sien. Mes tétons se durcissent contre les bonnets de mon soutien-gorge, mes entrailles se crispent de convoitise, le désir fond et bouillonne jusqu'au creux de mes cuisses. J'enlace son cou avec ferveur et le tire à moi, plus près, toujours plus près – irrationnellement, je suis terrifiée à l'idée qu'il cesse de m'embrasser maintenant qu'il a prouvé son argument. Je ne pourrais le supporter. Je veux qu'il m'embrasse pour moi, pour lui, pas pour gagner une bataille.

Mais je n'ai pas besoin de m'inquiéter : ses mains saisissent mes hanches et m'arriment à lui. Je m'entends gémir contre sa bouche. Je sens son érection pressée contre ma hanche. Je n'ai jamais fait une chose pareille. Son baiser est sensuel et sublime, et ce n'est pas assez. J'en veux plus. Je veux tout. D'instinct, je me hisse contre lui à l'instant où il me soulève pour me percher sur le plan de travail. Vaguement, je me souviens que son verre n'est pas loin, mais je suis incapable de réfléchir à autre chose qu'à son corps, qu'à sa chaleur, incapable de briser notre étreinte. Peu importe ! Rien n'importe, seulement lui et la façon dont il me ressuscite. Je referme la main dans ses cheveux, presse mes seins contre son torse ; ses doigts glissent sous l'ourlet de ma blouse, la relèvent sur mon ventre nu, mon sternum, mon soutien-gorge, la font passer au-dessus de ma tête. Nous ne nous séparons qu'une seconde, le temps d'un souffle (une éternité), puis nos lèvres se retrouvent avec la violence affamée d'une morsure. Contre lui, j'ai l'impression de m'éveiller, l'impression de vivre, l'impression de…

— Voilà qui tu es, murmure-t-il.

Il libère mes seins et les emprisonne immédiatement dans le creux de ses paumes. Sa possession, sa pression est un plaisir – l'intimité de sa peau contre la mienne fait vibrer en moi une onde tellurique, un choc électrique. On ne m'a jamais touchée de cette façon, et pourtant, ce n'est pas étrange. Non ; c'est parfait. Certain. Puissant. Réel.

Voilà qui tu es.

Je ne peux pas réfléchir, mais tous mes sentiments, toutes mes sensations me susurrent qu'il a raison. Voilà qui je suis. Je ne me suis jamais sentie aussi vraie, aussi authentique qu'à cet instant, vulnérable et dénudée devant cet homme.

Le contact de ses doigts sur mes tétons m'arrache un gémissement ; le désir me transperce, m'enfièvre, plus immense et plus pur que je ne l'ai jamais imaginé. Sa bouche abandonne la mienne pour embrasser ma gorge, mes épaules, et se refermer sur mon sein. Sa barbe naissante est rugueuse sur ma peau ; sa langue taquine mes tétons jusqu'à ce que mon souffle cavale et chavire. Quand je gémis de nouveau, c'est une supplique, et je le sens sourire contre ma chair.

Ses mains se referment sur mes fesses, inflexibles. Sans effort, il me soulève soudain et me porte à travers la suite. Sa démarche est longue et déterminée ; ses lèvres trouvent les miennes et son baiser consume mes pensées.

Il ouvre la porte de la chambre principale d'un coup d'épaule. Il me dépose délicatement sur le lit, et son corps suit le mien presque sans rompre notre étreinte. Il ne se redresse que pour se déshabiller. La réalité n'a pas le temps de reprendre ses droits, Dieu merci. Elle risquerait de me forcer à la prudence, à la nervosité ; de me rappeler toutes les bonnes raisons que j'ai de briser le sortilège.

Mais j'en suis incapable.

Et je n'en ai aucune envie.

Je n'ai jamais été submergée par un manque, une *faim* si enivrante. Un jour, je serai reine, et fiancée à un homme que je connais à peine. Mon avenir est déterminé. Je pensais avoir accepté ces obligations, mais je découvre ce soir qu'elles m'étouffent. Mon seul secours, c'est cette rébellion secrète, éphémère. L'assouvissement de mon désir avant que j'endosse tout à fait le fardeau d'un royaume.

Santiago a eu des dizaines d'aventures. Cela ne veut rien dire pour lui. Je peux faire la même chose avec lui. Cela ne voudra rien dire pour moi. Ce n'est que du sexe, mais du sexe avec une personne que *j'ai* choisi. Pas pour mon pays, pas pour mon Parlement, pas pour le futur de ma lignée ou la mémoire de mes parents.

Juste lui. Juste moi. Rien ne pourra m'arrêter maintenant.

Comme s'il lisait dans mes pensées, il se redresse et se lève. Sur sa poitrine, un oiseau tatoué vole au-dessus de son cœur, et un autre message calligraphié court sur sa hanche. Le souffle court, il fouille mon regard du sien.

— Tu es sûre ?

— Oui. Je suis sûre.

Mon acquiescement est rauque, brûlant de convoitise. Ses

yeux étincellent. Il fait volte-face, fouille dans les poches de son pantalon, trouve son portefeuille, et en sort un préservatif.

— Je ne prends jamais de risque.

— Pas de bébés del Almodovár dans tes plans futurs ? demandé-je en souriant, un peu amusée.

Mon amusement s'évapore vite, néanmoins. Fascinée, je le regarde déchirer le plastique et dérouler le préservatif sur son sexe dressé ; sa taille conséquente ébranle un peu ma confiance. Mais Santiago rit doucement, et son rire suspend tout – cet instant, et le monde, et mon cœur.

— Certainement pas. Je ne veux pas d'enfants.

Il me rejoint ; son sourire a disparu, mais son visage est sublime, intense et douloureusement *présent*. Il ouvre mes cuisses d'un genou et abaisse son corps sur le mien. Son baiser est lent, languide, langoureux. Il explore ma bouche, et mes doigts explorent sa peau. La caresse de ses poils, la pression de sa poitrine contre la mienne, le poids de son corps – chaque contact aiguise mon excitation. Je suis éperdue, sous lui, contre lui, enflammée par un besoin dévorant, pleine d'un manque insatiable. Je ne peux plus réfléchir, respirer, parler ; lorsqu'il se positionne entre mes cuisses, chaud et rigide, je ne peux que gémir mon encouragement. Je n'ai pas le temps d'avoir peur ; il me pénètre d'un puissant coup de reins, jusqu'à la garde.

Et il se fige. Ses yeux trouvent les miens, interrogateurs.

— Freja…

Mon prénom sur ses lèvres est étrange. J'y décèle quelque chose… Un avertissement ? Une accusation ? Un éclat de colère ? Brièvement, une ombre éclipse mon plaisir ; mais, presque aussitôt, Santiago bouge en moi, et tout s'envole.

Expertement, intuitivement, il me porte jusqu'aux cimes de l'extase, puis me bride avant que j'y plonge. Il me tourmente, me consume. Il domine et manipule ma volupté sans effort. Quelques minutes… ou quelques siècles. Dans ses bras, je suis emportée par la fièvre. Il nourrit mon plaisir cruellement, plus fort, trop lentement, trop intensément. Je m'entends supplier ; répéter son nom jusqu'à ce que sa bouche le cueille sur ma langue. Lorsque enfin il répond à mes prières, c'est en liant ses doigts aux miens, dans un baiser vertigineux. Il me pousse jusqu'aux frontières de la conscience et m'emporte dans l'abysse d'une jouissance indicible, la mienne, la sienne, une chute commune, illuminée par un cri, rythmée par la pulsation de sa chair au creux de la mienne, par la cadence folle de nos souffles mêlés – et celle de l'espagnol solaire qu'il murmure.

Les larmes me brûlent les yeux. Peut-être que je ne parviens pas à les retenir. La perfection de cet instant défie toutes mes attentes, tous mes fantasmes.

Je détourne légèrement le visage pour cacher mon émotion ; j'ai besoin de quelques secondes pour me remettre, même s'il est toujours enfoui en moi. Au même instant, il se redresse sur ses coudes et me dévisage. Je connais sa perspicacité, maintenant. Je sais qu'il voit dans mes yeux plus que je ne voudrais lui dévoiler.

— Et la princesse était vierge, murmure-t-il.

Je ne parviens pas à interpréter son expression.

— C'était si évident ?

— Pour moi, oui.

Ma gorge se noue. Oh non – je dois avoir été pathétiquement ennuyeuse par rapport aux femmes qu'il fréquente habituellement. Il embrasse le coin de ma bouche.

— Est-ce que je t'ai fait mal ?

— Un peu au début, mais… non. C'était…

Je cherche l'adjectif adéquat, sans succès.

— Freja.

Je hausse les sourcils. J'ai pris l'habitude qu'il utilise mon titre, de sa voix vaguement sarcastique, plutôt que mon prénom.

— Si j'avais su, je n'aurais jamais tenté quoi que ce soit.

— Pourquoi pas ?

Il grimace.

— Les aventures d'un soir me suffisent. Il n'y a aucune attente. Personne ne cherche autre chose que…

— Parce que j'étais vierge, tu crois que je m'attends à ce que tu me demandes en mariage ? dis-je en riant.

Il fronce les sourcils, méfiant.

— Ou à une relation, en tout cas.

— Je ne peux pas avoir de « relations ».

Je réponds avec légèreté, mais la vérité laisse un goût amer sur ma langue – un goût de jalousie envers tous ceux dont la vie est normale. Dont les attachements sont libres.

— Je ne comprends toujours pas pourquoi.

— Réfléchis, Santiago. Ma vie est publique. Je ne sais même pas où je rencontrerais quelqu'un. Je ne peux sortir avec personne. Fréquenter personne. Rompre avec personne. Imagine, si j'avais eu plusieurs compagnons. Mon pays est conservateur, et la famille royale doit être perçue comme un modèle de perfection. Je n'ai pas le droit de m'exposer à ce genre de spéculations. Je ne veux pas souiller la mémoire de mes parents.

— Mais en secret… ?

— Je n'ai aucun secret. Je vis dans un palais avec des centaines de domestiques. Je les apprécie, je les respecte, mais même les gens bien parlent entre eux. Si je recevais la visite d'un petit ami, même discret, tout le monde le saurait très vite. Je sais que tu te fiches de ta réputation. Tu laisses la presse faire des gorges chaudes de ton hédonisme. Peut-être même que tu aimes leur attention. Tu ne peux pas comprendre combien je souffrirais, dans ta situation.

— Je n'aime pas leur attention, corrige-t-il avec une sincérité qui me surprend. Je n'y accorde pas beaucoup d'importance, c'est tout.

— Mais mon rôle est d'incarner la figure que mon peuple mérite. C'est incompatible avec le genre de vie que tu suggères.

— Je ne suggère pas que tu passes d'orgie en orgie, seulement que tu puisses sortir avec quelqu'un de temps en temps.

Nos corps sont toujours unis, mais la conversation coule facilement, sans aucune timidité.

— Ce n'est pas possible. Surtout pas maintenant.

— Pourquoi pas ?

— Parce que mon couronnement est prévu pour bientôt,

et mes fiançailles avec Son Altesse royale Heydar van Anjers seront annoncées quelques mois avant. Être vue avec un autre homme serait parfaitement inapproprié. Alors ne t'inquiète pas, Santiago. Ce qui vient de se passer ne compliquera absolument pas ta vie, que j'aie été vierge ou non.

6.

— Tu es fiancée ?

Je ne m'attendais pas à ce qu'un voile sombre tombe sur son visage. Santiago del Almodovár aurait-il des scrupules ?

— « Promise », plutôt, précisé-je alors qu'il se retire et se tourne sur le dos, les sourcils froncés.

— Et quelle est la différence ?

— Fiancée sous-entendrait que nous ayons passé du temps ensemble et que nous ayons décidé de nous marier. Je n'ai rencontré Heydar que deux ou trois fois. Notre relation n'est pas… romantique. Elle ne l'a jamais été.

— Clairement.

Il se redresse sur un coude et m'observe attentivement. J'ai du mal à soutenir son regard.

— Pourquoi tu l'épouses, alors ?

— Parce que nous sommes promis l'un à l'autre.

— C'est-à-dire ?

— C'est-à-dire qu'il y a très longtemps, ses parents et les miens, qui étaient très amis, ont engagé nos deux avenirs. L'accord est très clair : à mes vingt-cinq ans, nos fiançailles seront annoncées, et notre mariage devra être célébré dans les trois mois qui suivent.

Il marmonne un juron en espagnol. Je cligne des yeux ; je ne comprends pas sa réaction.

— Que se passe-t-il, Santiago ?

— Honnêtement ? Je n'aime pas l'idée d'avoir couché avec la fiancée d'un autre homme.

Je ne peux pas m'empêcher de rire ; c'est si inattendu.

— Pour la dernière fois, nous ne sommes pas vraiment

fiancés. Ce n'est pas de l'adultère. Je n'ai trahi personne. Je suis sûre que notre contrat ne l'empêche pas de voir d'autres femmes.

— Ah, donc il a le droit d'avoir une vie amoureuse, mais pas toi ?

— Exactement. C'est presque comme s'il y avait un double standard entre les hommes et les femmes, susurré-je, un peu moqueuse. Les hommes sont encouragés à acquérir de l'expérience avant de se marier. Heydar n'est pas tenu par les mêmes règles de pureté et de morale que moi. C'est stupide, mais c'est la réalité.

— Comment peux-tu tolérer ces restrictions ? Je ne penserais qu'à mettre le feu à ma prison.

— C'est ma vie, Santiago.

— Seulement si tu l'acceptes.

— Il y a deux minutes, tu avais peur que je te demande en mariage pour une nuit de sexe, et maintenant tu essayes de me convaincre de me libérer de mes fiançailles ?

— Ces deux réactions peuvent coexister, sourit-il. C'est une discussion théorique ; ça n'a pas de rapport avec ce qui vient de se passer entre nous.

Je retiens une grimace. Comme c'est flatteur…

— Dis-moi : pourquoi as-tu décidé de passer la nuit avec moi, *princesa* ? Pourquoi moi, pourquoi maintenant ?

La question me prend de court. La réponse est évidente, non ? Et pourtant, je ne peux pas admettre ma vulnérabilité à voix haute. J'ai du mal à baisser les armes devant un homme qui reste, en quelque sorte, mon adversaire. Je fixe le mur et admire un tableau d'art moderne.

Ses doigts frôlent mon épaule, doucement.

— Freja ?

Mon nom, encore une fois. Si troublant dans sa bouche.

— Pourquoi *tu* as couché avec *moi* ? renvoyé-je.

Mon regard revient à lui, curieux. Il m'étudie attentivement, avec cette indolence agaçante et exquise qu'il a toujours, et me jette un sourire aussi aveuglant et rapide qu'un éclair.

— Tu es sexy. Et belle. Et j'avais envie de toi.

Son doigt a quitté mon épaule ; il glisse lentement vers mon nombril. « J'avais envie de toi. » Je ne peux pas m'empêcher d'être un peu perplexe.

— Et cela fonctionne toujours, pour toi ? Quand tu as envie d'une personne… elle te tombe dans les bras ?

— Hum, la plupart du temps.

Il plaisante, mais je l'envie. J'envie sa liberté, son mode de vie. Sa légèreté.

— Tu n'as pas répondu à ma question, *princesa*.

— Parce que j'en avais envie.

— Mais tu as dû déjà en avoir envie. Pourquoi moi ? Pourquoi maintenant ?

À mon tour, je me redresse sur un coude. Ma main frôle l'oiseau tatoué au-dessus de son cœur. C'est un aigle, un symbole d'assurance et de témérité.

— Tu es sexy et belle ? demandé-je en souriant.

Mon cœur rate un battement quand il rit. Il est adorable, et je suis étrangement flattée qu'il me trouve amusante. Je suis ridiculement fière d'avoir brisé le masque de dédain. Après une seconde d'hésitation, j'admets :

— Honnêtement, je… je n'ai jamais eu envie de qui que ce soit. Avant toi.

Il arque un sourcil. L'éclat taquin et triomphant de son regard me fait aussitôt lever les yeux au ciel.

— Ne prends pas la grosse tête, Santiago. Ce n'est pas comme si je rencontrais grand monde.

— Tu as déjà rencontré des hommes, susurre-t-il. Plein d'hommes. Et pourtant, c'est moi qui…

Je le fais taire d'une pichenette sur le front.

— Remets-toi.

Son rire bas et rauque fait vibrer un frisson de désir au creux de mon ventre. Le silence retombe, confortable, fourmillant d'une délicieuse tension. Je reprends :

— Je crois que je ne voulais pas manquer cette occasion.

Il m'écoute attentivement.

— Je ne connais pas bien Heydar, continué-je. Il a l'air

gentil, il a bonne réputation, mais je ne ressens rien pour lui. Pas d'attirance, pas d'étincelle, et même pas de curiosité. Je vais l'épouser pour le bien de mon pays, et parce que cela tenait à cœur à mes parents, mais je sais déjà qu'il n'y aura pas d'alchimie.

Ma main suit le tracé du serpent qui ondule autour de son bras hâlé et musclé.

— Quand je t'ai rencontré… Tu es insupportable, direct, impoli, impudent. Je n'ai jamais connu quiconque comme toi. Et tu m'as embrassée. Et j'ai eu l'impression de m'éveiller. C'était… terrifiant, pour être honnête. Et excitant, aussi. Je ne suis pas venue en Espagne pour avoir une aventure avec toi ; je m'étais promis de ne pas succomber à mes instincts. Je n'en ai même pas le droit, techniquement. Mais je vais épouser un homme pour qui je ne ressens rien. Je mérite un peu de liberté avant cela, n'est-ce pas ?

C'est une question rhétorique ; je n'attends pas de réponse. Je veux simplement qu'il me comprenne.

Il réfléchit à ma confession un moment avant d'effleurer mes lèvres d'un baiser.

— Tout le monde mérite d'avoir du plaisir, Freja. Je suis navré que tu sois prête à y renoncer très bientôt.

Il y a quelques semaines, je ne m'en souciais pas. Je pensais que j'étais asexuée. Que les relations physiques ne m'importeraient jamais beaucoup. Mais maintenant… Je ne sais pas si je parviendrai à réenterrer cette partie de moi.

Qu'est-ce que je dis ? Bien sûr que j'y parviendrai ! C'est nécessaire ; c'est mon devoir.

— Combien de temps as-tu prévu de rester ?

— Trois nuits, en comptant celle-ci.

— C'est court.

— C'est assez long pour analyser un peu l'activité du casino.

Après tout, c'est pour cela, et seulement pour cela, que je suis venue à Barcelone.

— Bien sûr, sourit-il, et son accent caresse chaque mot comme du velours. Mais peut-être pas assez long pour rattraper tout ce temps perdu.

— Qu'est-ce que tu veux dire ?

— Nous avons trois nuits pour te donner une vie entière d'orgasmes. C'est un défi, c'est sûr. Mais je pense que j'en suis capable.

— Seigneur…

— Si tu veux l'appeler comme ça…

Son sous-entendu scabreux m'arrache un rire stupéfait.

— Tu as vraiment un ego *surdimensionné.*

— Tout est proportionnel.

Le silence retombe, bercé par nos sourires réciproques. Nos regards s'accrochent et un soupir m'échappe.

— Je ne mentais pas, tout à l'heure. Je ne peux pas avoir de liaisons. Et surtout pas avec toi.

— Parce que cela ferait scandale ?

— Évidemment. Mon peuple serait horrifié.

— Je n'ai pas l'intention de ruiner votre parfaite réputation, Votre Altesse, susurre-t-il.

Le titre me rappelle la froideur de notre rencontre ; son antipathie, la provocation distillée dans chacun de ses propos. Mais aujourd'hui, ses yeux pétillent d'humour. Souplement, il se lève et me tend la main. Je place ma paume dans la sienne. Il me tire à lui sans effort. Nos corps sont tous proches, mes hanches frôlent les siennes.

— Trois nuits dans mon lit, et personne n'en saura jamais rien.

Un courant d'adrénaline illumine mes veines. Une liaison secrète avec Santiago del Almodovár… Trop cliché, trop ridicule, trop risqué… et absolument parfait. Quatre jours, libérée du rôle rigide qui me colle à la peau, quatre jours dans les bras du *bad boy* le plus illustre d'Europe… Avant que le fardeau de la Couronne prenne tout à fait possession de ma vie.

— Est-ce que ce n'est pas techniquement *mon* lit ?

Sans prévenir, il me soulève dans ses bras et fait volte-face ; je ris et mes bras trouvent sa nuque.

— Du moment qu'il y a un lit et que tu es dedans, je veux bien te laisser le titre de propriété, susurre-t-il.

Il fait glisser le loofa sur mon corps, m'éponge et me nettoie jusqu'à ce que je sois couverte de savon. L'eau chaude de la douche italienne bat sur nos peaux nues. Je le regarde faire, sans honte, fascinée par l'intimité de ses gestes, de ses yeux. Il n'y a aucune timidité dans la tendresse de ses mains et la vénération avec laquelle il touche chaque centimètre de ma chair. Quand il a terminé, il lève les yeux, ses yeux sombres éclatants de désir, et son expression me coupe le souffle.

— Comment te sens-tu ?

Mieux que jamais.

— Bien, dis-je, un peu embarrassée.

— Et ici ?

Je sursaute quand il presse un doigt sur mon sexe ; la caresse est aussi inattendue qu'enflammée.

— Bien, répété-je, la gorge nouée.

— Tu es sûre ?

Je hoche la tête, mais je manque de m'étrangler quand il remplace son doigt par sa bouche.

— Santiago…

J'utilise son nom comme une supplique. Il sourit contre ma chair, puis sa langue me trouve et me fait sombrer. Bientôt des étoiles dansent sous mes paupières ; mes jambes flageolent et je presse une main tremblante contre la paroi carrelée. L'eau brûlante continue de rouler sur mon corps, mais c'est le jeu expert de sa langue qui m'enflamme et m'immerge dans un plaisir total, indescriptible. J'ai lu un jour que nous sommes censés combattre naturellement la noyade ; mais je ne ressens aucune crainte ici ; non, rien que de l'extase.

— Tu as grandi à Barcelone ?

J'attrape une autre huître de Cambados. Leur saveur piquante et iodée est encore soulignée par le vin de Santiago. Il me regarde manger en passant une main sur sa mâchoire, pensif, ou peut-être… hésitant ?

— J'ai grandi dans la Ciutat Vella.

— La quoi ?

— La vieille ville.

— Oh ! Ce devait être très beau.

Son sourire est sardonique.

— Certaines parties, peut-être.

— Mais pas là où tu as grandi ?

— Non.

— Pourquoi pas ?

Il mange une huître à son tour et, subrepticement, mon regard s'attarde sur le mouvement gracile de sa gorge lorsqu'il avale.

— Nous vivions dans un très petit appartement, dans un immeuble vétuste. Une seule chambre pour nous trois. C'était sale et bruyant.

Je fronce les sourcils, perplexe.

— Tes parents n'avaient pas beaucoup d'argent ?

Il soutient mon regard au-dessus de son verre de vin.

— On peut dire ça comme ça, oui.

— Oh. Je savais que tu avais acquis ta propre fortune, mais je pensais que tes parents t'avaient aidé au début.

— Non.

Je hoche la tête. Son laconisme me fait clairement comprendre qu'il ne veut pas s'étendre sur le sujet, mais ma curiosité est plus forte que ma politesse.

— Alors comment en es-tu arrivé là ? dis-je en embrassant d'un mouvement de bras la vue imprenable sur la ville scintillante, le magnifique balcon de la suite présidentielle – et au-delà, le luxe de son casino.

Santiago a le monde à ses pieds, maintenant.

— J'ai travaillé dur.

Je ris.

— D'accord. C'est tout ?

— Ce n'est pas suffisant ?

Je hoche la tête, lentement. Je sais que Santiago est un bourreau de travail : malgré sa réputation de fêtard, je vois les signes de sa discipline sous le masque. Il est doté d'une détermination inflexible. Même maintenant qu'il est riche et établi, il ferait tout pour parvenir à ses fins.

Même te séduire ?

Je repousse mes soupçons insidieux avant qu'ils fassent fleurir en moi une bouffée d'angoisse. C'est ridicule ; je ne signerais pas un contrat pour les beaux yeux d'un homme ou une merveilleuse nuit de sexe. Les affaires et le plaisir resteront fermement séparés.

Santiago me surprend en reprenant finalement la parole :

— Je m'apprêtais à arrêter l'école. Je n'y allais presque plus, de toute façon, seulement quelques heures par semaine.

Il parle avec nonchalance, mais il a détourné le regard.

— Pourquoi donc ? Qu'est-ce que tu faisais à la place ?

— Je travaillais, *querida*.

— Mais tu étais encore un enfant.

— Un adolescent, et nous avions besoin d'argent.

Il observe toujours la nuit sombre et brillante pendant que j'étudie son visage, mon menton dans la main.

— Et puis, je détestais l'école, ajoute-t-il.

— Vraiment ? J'adorais… hum, pas vraiment l'école, mais apprendre. J'aurais adoré être chercheuse. Donne-moi une pile de livres et une dissertation à la clé, et je suis la plus heureuse des femmes.

Il rit doucement, un son rauque et pétillant de chaleur.

— Pas d'école buissonnière pour la princesse, alors ?

— Oh ! impossible. J'avais un professeur particulier.

— Évidemment…

Il hausse un sourcil amusé – un cynisme plus doux que celui auquel il m'a habituée, sans cruauté, mais plein d'humour.

— Et bien sûr tu n'avais pas besoin de travailler pour soutenir ta famille, ajoute-t-il.

Je secoue la tête, mon verre à la main. Je n'ai pas l'intention de le laisser s'en tirer si facilement.

— Mais tu n'as pas abandonné l'école, finalement ?

— Non. Un de mes professeurs m'a vu travailler au garage.

J'imagine Santiago, trop jeune, sale et suant, penché sur

les entrailles d'une voiture au capot relevé. Un pincement de culpabilité me mord l'estomac.

— Il a compris que je séchais les cours et m'a ramené dans son bureau par la peau du cou. J'étais surpris qu'il soit investi dans mon avenir, pour être honnête. Personne ne m'avait jamais vraiment prêté attention, et mon école était franchement mal famée.

— Et tes parents ?

— C'est une autre histoire.

De nouveau, son sourire ne dissimule pas sa tension.

— J'aimerais l'entendre, si tu…

Il secoue la tête et m'interrompt :

— C'était mon professeur de maths. Il m'a donné des devoirs supplémentaires, des heures de cours après le travail. Il m'a tiré en avant ; il disait que j'avais des capacités.

Je suis pendue à ses lèvres. Mes premières impressions étaient si trompeuses. Je me suis facilement laissé aveugler par son panache de façade. Mais ce soir, je vois les profondeurs qu'il cache sous son impudence.

— Environ trois mois après qu'il m'avait traîné hors du garage, j'ai eu vent d'un jeu de trading basé sur des *phantom stocks* ; tu sais ce que c'est ?

— C'est jouer en Bourse, mais avec de l'argent irréel ?

— *Sí.*

— Et tu as gagné quelque chose ?

Il sourit, avec un rien d'arrogance.

— J'ai gagné plus d'un million d'euros pendant la première semaine.

— Un million ! m'exclamé-je, estomaquée.

— J'avais quinze ans et je n'avais jamais eu d'argent de ma vie. Nous étions pauvres, vraiment pauvres, *princesa*, et soudain j'avais le monde à portée de main. Ça défiait ma compréhension.

— Mais c'était juste une simulation. Comment tu as fait pour la transformer en réalité ?

— J'ai trouvé des investisseurs. En échange de mes services, j'ai exigé un pourcentage proportionnel aux bénéfices gagnés, croissant sur le long terme. C'était leur argent, leur risque. J'avais tous les avantages.

Je secoue la tête, admirative. Son culot et son goût du risque me sont complètement étrangers.

— Puis je me suis diversifié, j'ai investi dans le foncier, puis dans des projets à grande échelle comme mes casinos.

— À t'entendre, on dirait que c'était facile.

— Ça l'était, une fois que j'ai compris comment le monde fonctionnait.

Il me sourit et pose son verre vide.

— Et sur ces belles paroles, Votre Altesse, il faut que je vous quitte.

Le moment de familiarité se brise net. Je cligne des yeux, surprise. Il est tard et je ne me suis pas ennuyée un seul instant. J'ai adoré sa compagnie. Devant ma déception, il me lance un sourire brillant et brûlant.

— Tu dois vraiment partir ?

— J'ai une réunion.

— Il est presque minuit.

— L'heure parfaite, dans un casino.

— C'est le milieu de la nuit…

Il rit de bon cœur.

— Tu es si bien élevée, taquine-t-il en me rejoignant pour se pencher sur moi.

Ses doigts frôlent ma joue. Tant pis pour ma fierté ; je fais la moue.

— Tu pourrais rester, tu sais… ou revenir après ?

— Non, dit-il, cette fois plus sérieusement et avec une pointe de regret. C'est mieux ainsi, Freja. Tes gardes risqueraient de se poser les questions que tu ne veux pas qu'ils se posent.

Je soupire. Il a raison. À cet instant précis, je m'en fiche royalement. Mais il a raison.

— Dors nue, ordonne-t-il en se redressant, et rêve de moi.

7.

Mes parents étaient proches de mon oncle Richard. Richard était le petit frère adoré de mon père ; il a toujours profité de tous les avantages de la Couronne sans la rigidité de ses obligations.

Le statut de mon père lui a inculqué la prudence dans tous ses choix de vie ; mon oncle, lui, était libre de faire tout ce qu'il désirait. Les médias le laissaient en paix. Mon père m'a même avoué qu'il lui avait envié cette indépendance, plus jeune. Il avait parfois souhaité être né en second, se délivrer du regard du monde.

Mais mon oncle Richard, élevé sans les rigides standards d'un trône à venir, ne s'est jamais astreint aux règles tacites de son statut. Il avait déjà tout ce qu'il pouvait désirer. Sans ambition, sans cadre, sans projet, sans attention… Il errait sans but.

Son addiction au jeu l'a englouti avant que quiconque s'en aperçoive ; à l'insu de tous, en quelques mois à peine, il a perdu des sommes absolument astronomiques. La culpabilité et la dissimulation ont compliqué une situation déjà terrible, et ensuite…

Quand je me réveille, ce matin, son visage flotte dans mon esprit et me serre le cœur.

Comment puis-je accepter l'accord que me propose Santiago ? Comment puis-je, littéralement, coucher avec l'ennemi ? J'ai l'impression de trahir la mémoire des miens.

Je comprends à retardement que je ne me suis pas réveillée spontanément : quelqu'un toque à la porte. Je repousse les couvertures et passe un peignoir avant d'aller ouvrir. Derrière, un groom en uniforme m'attend, flanqué par un de mes agents.

— Room service, dit-il avec l'accent chantant d'Espagne.

— Oh ! merci beaucoup !

Je n'ai rien commandé. Je lui laisse le passage, un peu confuse. Il fait rouler le chariot jusqu'à la table basse et s'occupe ensuite de sortir plat après plat, chacun couvert d'une cloche dorée. La baie vitrée, derrière lui, est éclatante de soleil ; le labyrinthe tentateur de Barcelone s'étend jusqu'aux eaux cristallines de l'océan. Je meurs d'impatience. D'être seule ; d'être libre.

C'est la première fois que je ressens un tel désir de m'enfuir, d'être en compagnie de moi-même.

J'attends que le groom et mon garde me quittent avant de soulever les cloches : des fruits, des pâtisseries, une décadente omelette au saumon fumé et son filet de sauce hollandaise, et même des saucisses et des tortillas espagnoles. C'est déjà beaucoup trop, et il reste encore deux plats à découvrir. Je fronce les sourcils et soulève un autre couvercle.

Non, cette fois, ce n'est pas de la nourriture. Je fais courir mes doigts sur les cheveux bruns enroulés dans l'assiette. Une perruque. Et dessous, un peu d'étoffe colorée…

Un bikini !

Je me sens rougir lorsque je trouve un mot de Santiago dans le dernier plat.

Rejoins-moi à la marina à midi. Porte le déguisement et n'oublie pas ton maillot.

Je soulève le bikini, le cœur battant. Il est turquoise, et assez modeste – aussi modeste qu'un bikini peut l'être, en tout cas – mais à l'idée de porter une chose pareille…

Je replace promptement la cloche et secoue la tête. Chaque chose en son temps ; d'abord, je suis affamée. Je dévore les fruits et l'omelette, me sers du café et du jus d'orange, et termine avec un croissant doré de beurre.

Quand je suis en voyage officiel, je suis prise du matin au soir. Je n'ai jamais le temps de paresser de cette façon.

Aujourd'hui, je n'ai rien de prévu, le jour m'appartient, et je peux le passer avec Santiago.

Une excitation enfantine pétille en moi. Pendant trois jours, trois jours entiers, aucune obligation, aucune intrusion. Je ris toute seule en passant dans la salle de bains.

La voiture me dépose devant le plus grand bateau de la marina (évidemment), un yacht immaculé avec plusieurs ponts et des vitres teintées. Machinalement, je glisse une mèche de cheveux synthétiques derrière mon oreille. J'ai dissimulé le bikini sous un pantalon crème et une blouse verte ; de l'extérieur, j'ai l'air professionnelle et élégante.

Sur le quai, mes agents étudient attentivement le yacht. L'équipe de Santiago vient les accoster. Amusée, je les regarde débattre un moment ; la conversation est intense, enflammée. Je finis par les rejoindre en cachant mon sourire.

— Y a-t-il un problème, messieurs ?

Alex se tourne vers moi, le visage sombre.

— Non, madame. Simplement un peu de logistique.

Un employé de Santiago le coupe :

— M. del Almodovár est très clair : son invitation ne concerne que vous, madame.

Je devrais être agacée, mais pas du tout. Je me surprends à retenir un petit rire. Mes agents sont visiblement scandalisés, mais ils ne savent pas que tout est ma faute : c'est moi qui ai demandé à Santiago de garder notre relation secrète, et cette discrétion inclut mes agents. Évidemment, c'est un fantasme impossible : je ne pourrai pas les empêcher d'avoir des soupçons. Mais les garder à l'écart est un pas dans la bonne direction, au moins.

— Je fais confiance à M. del Almodovár, dis-je fermement.

C'est étrange… Ce n'est pas un mensonge.

— Vous pouvez retourner à l'hôtel et m'attendre là-bas.

— Mais, madame…

— Vraiment, Alex. Tout ira bien.

Pour adoucir mes ordres – il est rare que je défie les conseils de mes gardes du corps –, je leur offre un sourire rassurant.

Aucun des deux n'est vraiment satisfait de cette conclusion. Néanmoins, d'un mouvement miroir, ils hochent la tête et retournent à la voiture.

Même les employés de Santiago restent à quai.

Un instant plus tard, je monte la passerelle du yacht, seule. J'ai le cœur battant à l'idée de revoir Santiago.

— Il y a quelqu'un ? lancé-je à la cantonade en arrivant sur le pont.

En réponse, le bateau commence à bouger. Je pose une main sur le garde-fou pour garder l'équilibre, et mon sourire s'agrandit : je n'arrive pas à y croire. C'est lui qui conduit le bateau ? Je pars en quête du gouvernail (si c'est comme cela qu'on l'appelle sur un yacht ; je n'en ai aucune idée). Je trouve Santiago aux commandes, à l'avant du grand pont, seulement vêtu d'un short léger. Le soleil embrase ses épaules larges, sa taille étroite, les muscles de ses jambes hâlées. J'inspire profondément. Il est magnifique.

— C'est un kidnapping ? dis-je.

Il me jette un coup d'œil par-dessus son épaule. Ses yeux sombres me caressent, et la brûlure de son sourire m'aveugle plus délicieusement que l'éclat du soleil estival.

Il manœuvre le yacht hors de la marina, visiblement rompu à l'exercice. Une fois arrivé en pleine mer, il fixe le cap et pivote vers moi. Ses doigts frôlent ma joue, puis tirent doucement sur une mèche de la perruque.

— Tu aimes ? demandé-je en souriant.

— Je pensais que j'aimerais, dit-il, pensif, mais…

Il soulève la perruque et sourit en voyant réapparaître mes cheveux blonds.

— Je crois que je préfère ça.

Je lui rends son sourire. J'essaie d'ignorer le rythme irrégulier de mon cœur.

— Bien dormi ?

— Très bien.

— Nue ?

La chaleur me monte aux joues. Je lui ai obéi, mais je ne peux pas lui dire à haute voix… Je reste muette.

— Je t'ai imaginée nue, ajoute-t-il, un sourcil arqué.

Dans l'espoir de reprendre un semblant d'équilibre – un semblant de contrôle –, je réponds abruptement :

— Et comment s'est passée ta réunion ?

— Hum. Bien.

C'est stupide, mais je ne peux pas m'en empêcher : j'ai peur qu'il m'ait quittée pour aller voir une autre femme, hier soir. Je me souviens de notre conversation téléphonique, en pleine nuit ; de la voix que j'ai entendue derrière lui.

Mais qu'est-ce que cela peut bien me faire ? Il est libre comme l'air. Nous sommes d'accord sur ce point.

Sous prétexte d'explorer le bateau, je pivote et m'éloigne. J'ai besoin d'un peu d'espace. Je traverse le pont et descends dans la cabine principale. Je suis habituée au luxe, mais je marque une pause en voyant le décor : tout est sophistiqué et immaculé, aussi bien tenu qu'une suite dans un palace. Le bateau s'est arrêté ; les fenêtres font courir tout autour de la pièce l'ondoiement bleu des vagues et leur dentelle d'écume. Au loin, la vue de la ville est sublime.

— Ah, te voilà, dit la voix de Santiago derrière moi.

Je pivote, et il m'attire dans ses bras pour m'embrasser, passionnément, fiévreusement, comme s'il avait attendu cet instant toute sa vie.

La tête me tourne. Je m'accroche à son bras.

— Re-bonjour, murmuré-je.

— Je suis heureux que tu sois venue.

— Je n'avais rien d'autre à faire, dis-je en souriant.

Il rit et m'enlace avec une décontraction facile qui me tiraille le cœur. Pourquoi tout est si naturel, avec lui ?

— Tu as faim ?

— Après un petit déjeuner pareil ? Pas du tout. Où sommes-nous ?

— Nous dérivons dans la mer des Baléares.

J'inspire l'air salé qui flotte par les vitres ouvertes et soupire de bien-être. Je sais, au fond, je *sais* que cette liberté n'est qu'une illusion, mais il me semble qu'avec Santiago je peux m'y complaire sans aucune amertume.

— Ton bateau est extraordinaire.

— Tu dois être habituée à ce genre de choses.

— Oh ! non. Je ne pourrais jamais m'offrir quelque chose d'aussi décadent. Et avec l'argent de mes concitoyens ? Certainement pas.

— Dit la femme qui vit dans un palais ?

— Le palais appartient au peuple de Marlsdoven.

Il hausse les sourcils, comme s'il n'en croyait pas un mot.

— Et les terres que j'essaie de t'acheter ?

Je retiens de justesse une grimace ; sa remarque est aiguisée, et je recule d'un pas, mal à l'aise.

— Elles sont aussi à mon peuple, murmuré-je. Je ne suis que leur gardienne légale. Je me dois de faire attention à la façon dont elles sont utilisées.

Nous échangeons un regard, en silence, mais il me prend bientôt en pitié et change de sujet :

— Même si tu n'as pas faim, je veux te montrer quelque chose. Viens.

Ses doigts se glissent entre les miens, et il m'entraîne dans une large pièce à vivre dotée d'une cuisine américaine à la pointe de la modernité. Sur le comptoir, il attrape un plateau et me le présente.

— C'est une spécialité. Des truffes au safran et aux pistaches.

J'en choisis une dans l'assortiment coloré et, les yeux dans les siens, terriblement consciente de sa proximité et des centimètres qui nous séparent encore, je savoure la texture ferme et poudrée de la friandise sur ma langue.

— Alors ? murmure-t-il en me regardant avaler, les yeux aussi voraces que le désir qui bouillonne dans mes veines.

— C'est délicieux. Sucré, salé, nuancé. Très subtil.

— Exactement. Ce sont mes préférées.

Il replace le plateau sur le comptoir et croise les bras.

— Prête ?

Je ne sais pas de quoi il parle, mais mon esprit attrape la perche au vol et court dans une direction parfaitement obscène.

— Prête à… quoi ?

— À aller bronzer, évidemment, susurre-t-il.

Son clin d'œil enflamme mes joues, mais, beau joueur, il ne fait aucune remarque et de nouveau me guide sur le pont. Quel frimeur. Dans son sillage, je souris comme une idiote.

Une fois allongée sur le transat, caressée par le soleil et par la brise marine, je pousse un soupir de pur bien-être. À côté de moi, la présence de Santiago est confortable, chaleureuse. Je me tourne vers lui, le sourire facile, plus facile qu'il ne l'a jamais été, je crois.

— Cela fait des années que je n'ai pas fait ça.

— Pris des vacances ?

Je hoche la tête.

— Mes voyages sont toujours officiels. Ça ne me dérange pas, j'aime être productive. Mais j'avais oublié le plaisir de simplement… exister.

Il tend la main et prend la mienne.

— Techniquement, tu travailles aussi aujourd'hui.

Je lui souris.

— Non. Pas aujourd'hui. Ne parlons pas du casino ou de la vente. Je sais que nous devrons avoir cette discussion, mais aujourd'hui… je veux juste profiter du moment présent.

Il plisse les yeux, juste un instant. Va-t-il me contredire ? M'a-t-il invitée pour continuer nos négociations ? Non ; il finit par hausser les épaules avec son indolence habituelle.

— Tes désirs sont des ordres, *querida*.

Le soleil jette des lames d'or sur sa peau hâlée. Je ne peux pas m'empêcher de suivre les lignes racées de son corps. Inconscient de mon regard éhonté, ou parfaitement à l'aise d'être ainsi contemplé, il reprend :

— Tu voyages beaucoup, alors ?

— Pas tant que ça. Seulement dans les pays scandinaves voisins. Mais je suis allée en Australie il y a deux ans.

— Et tu as aimé ?

— Oh oui, c'était sublime. Je n'avais jamais visité de pays si contrasté. Un jour tu as l'impression d'être sous les tropiques, et le suivant tu visites un vignoble verdoyant plongé dans le brouillard. Il y a des déserts et de la neige, des plages de sable blanc… Et les gens ont été si accueillants…

— Mais c'était pour le travail ?

— Bien sûr. Et très rapide. J'ai vu beaucoup de paysages et de villes, mais j'étais toujours cachée derrière la vitre de la limousine.

Il pince les lèvres et, de nouveau, j'ai l'impression qu'il se retient de répondre. L'expression disparaît presque aussitôt.

— Qu'est-ce que tu faisais là-bas ?

— Moi et ma délégation voulions étudier leur industrie touristique. Marlsdoven est un très petit royaume, mais c'est très beau. Nous voulons attirer plus de gens. Malheureusement, nous vivons dans l'ombre des pays environnants, qui ont plus de rayonnement à l'étranger.

Ses yeux pétillent d'ironie. Je grimace. Je sais ce qu'il pense comme s'il l'avait dit tout fort.

— Et tu penses que ton casino attirerait des touristes…

— Tout à fait, susurre-t-il, mais nous ne pouvons pas parler du casino aujourd'hui.

Je me détourne vers la mer étincelante, la lumière poudrée, la silhouette de la ville. Au-delà des vagues s'élèvent les tours célèbres de la Sagrada Família, le chef-d'œuvre de Gaudí, brûlantes comme des flèches d'or et de feu sur le turquoise du ciel et de l'océan. Le contraste est douloureux de beauté.

— Mon gouvernement se concentre sur les infrastructures de transport, soupiré-je après un moment. Nous voulons faciliter l'accès à Marlsdoven et rendre le voyage moins cher. Une ligne de TGV est en cours d'agencement, en partance directe d'Amsterdam.

Il ne répond pas et le silence s'installe. Malgré les non-dits, c'est un silence agréable, étrangement complice, rythmé par le clapotis des vagues contre la coque du bateau.

Je suis presque somnolente quand je reprends la parole.

— Santiago… Pourquoi as-tu investi dans les casinos ?

— Tu veux dire, dans ces antres de décadence où j'ai construit mon immonde fortune ? raille-t-il.

J'ouvre les paupières. Mon cœur se serre en le voyant, lui et son rictus narquois. Il est bien trop séduisant, c'est injuste. Je ne peux même pas lui en vouloir de me faire tourner en bourrique.

— Exactement. Tu m'arraches les mots de la bouche.

— J'ai commencé par la Bourse. C'est une sorte de jeu, aussi. Il s'agit simplement d'étudier les tendances des marchés, d'écouter son intuition. Comprendre le mécanisme. C'est risqué et l'argent peut s'envoler en un clin d'œil. Tu vois où je veux en venir ?

— Le jeu et la Bourse… Non, je trouve que c'est très différent, en l'occurrence.

— Pourquoi ?

Je me redresse, pensive. Je ne connais pas grand-chose à la Bourse, mais je tiens à mon argument.

— Personne ne tombe dans les filets de la Bourse par hasard. La Bourse se joue entre professionnels, en toute connaissance de cause. Dans une ville où les casinos sont partout, par contre, n'importe qui peut s'y perdre ; entrer pour tuer le temps, tourner une roulette, et rester des heures.

— Bien sûr. Le maléfique sortilège des casinos.

Je lève les yeux au ciel, mais je ne peux m'empêcher de sourire de sa riposte.

— Je suis sérieuse. La Bourse exige un certain niveau de connaissances, de relations, de contacts. Les casinos n'ont pas ce genre de garde-fous.

— Il y a l'âge.

— D'accord. Tu peux commencer à jouer dès dix-huit ans. Ça ne change rien.

— Pourquoi détestes-tu autant les casinos, Freja ?

Je fronce les sourcils et détourne le regard, la gorge nouée.

— Nous en avons déjà discuté.

— Et tu m'as simplement répondu que tu désapprouvais le jeu. Pour quelle raison ?

— Parce que les gens dilapident leurs économies sans le vouloir. C'est dangereux, c'est nocif. Et je te rappelle que nous avons décidé de ne pas parler du casino aujourd'hui.

Son regard défie le mien. Je sens la part de lui qui veut gagner cette conversation se cabrer. Il essaie de trouver l'information que je lui cache. Son esprit de compétition est impitoyable. Mais, à ma grande surprise, il baisse les armes avant que j'aie besoin de fuir. Son sourire n'atteint pas ses yeux, mais il fait l'effort de hocher la tête. Il remet la bataille à plus tard.

— Très bien. Mais fais-moi plaisir : accompagne-moi au casino ce soir. Laisse-moi te montrer la *réalité*.

— J'ai déjà fait le tour en arrivant hier.

Malgré moi, ma voix s'est faite glaciale. Je n'ai aucune envie d'y remettre les pieds. Son expression est détendue, mais je sens son intensité s'accentuer sous sa façade.

— Tu as joué ?

— Joué ? m'étonné-je. Non, bien sûr que non. Aucun de ces jeux n'est innocent…

Je m'interromps. Un muscle bat dans sa mâchoire.

— Qui parle d'innocence ? Tu es complètement biaisée. C'est pour ça que tu es déterminée à tenir ton peuple en laisse.

Un frisson électrique me parcourt. Je me redresse et je lève le menton. La tension crépite entre nous.

— Non, je sais que ce n'est pas possible.

— Effectivement. Pas au XXIe siècle. Tes citoyens peuvent voyager. Jouer en ligne. Et la haine que tu portes au jeu n'a *aucun* sens, Freja.

— Pas pour toi, peut-être.

— Alors explique-moi.

Je serre les dents.

— Ça n'a pas d'importance. Nous savons tous les deux que je dois accepter ton projet. La seule chose dont je veux m'assurer, c'est que mon pays obtienne les meilleures contreparties possible en retour.

Mais même cette remarque objective est imprégnée de jugement. J'aimerais pouvoir contrôler mes émotions, mais je ne peux pas apaiser la haine du jeu que mon éducation m'a inculquée. Je suis crispée, j'ai repris ma voix de reine, lointaine et froide.

— Ça a de l'importance pour moi, siffle-t-il.

Cette fois, il ne cache plus sa frustration, ni son insistance. Je fronce les sourcils et passe à un nouvel angle d'attaque :

— Dis-moi, murmuré-je. Comment as-tu fait pour investir dans la simulation boursière ?

Le revirement l'agace. Il croise les bras.

— J'ai fait des recherches. Les tendances, les dynamiques. J'ai observé avec attention. Je me suis immergé dans le sujet jusqu'à ce que j'en comprenne les rouages. Pourquoi ?

C'est bien ce que je pensais : ce n'est pas moi, personnellement, qui l'intéresse. Il a un besoin viscéral d'analyser les dessous d'un problème, les forces et les faiblesses de l'adversaire. Il a besoin de *posséder* son sujet pour mieux le tourner à son avantage.

Un jour, enfant, je suis tombée de cheval. J'ai atterri sur le dos. Pendant un long moment, je n'ai pas réussi à reprendre mon souffle. Je suis restée prostrée, les yeux fixés sur le ciel bleu pâle, la rétine piquetée d'étoiles. Je me souviens du visage terrifié de ma nourrice, et des secondes égrenées avant que mes poumons retrouvent leur usage.

À cet instant précis, je ressens quelque chose de similaire. Un choc sous le sternum, ma respiration interrompue… Un vertige, trop puissant pour être acceptable.

Je veux être importante à ses yeux.

Il y a si longtemps que je n'ai pas été importante.

Et lui – il est, incroyablement, impossiblement… important pour moi.

Je vais trop vite. C'est trop dangereux.

Je détourne immédiatement le regard, la gorge nouée, les mains tremblantes. Quelle idiote. Mon Dieu, dans quoi me suis-je donc embarquée ?

— Tu es pâle comme un linge, dit-il, doucement cette fois. Tu désapprouves ma stratégie ? Tu espérais que ma réponse te fournisse un meilleur argument ?

Sa remarque me rappelle notre discussion, et je m'y raccroche comme à une bouée de sauvetage.

— Ta réponse *est* un argument, dis-je avec une assurance que je ne ressens pas. Tu vois bien que la Bourse n'a rien à voir avec le jeu.

— La comparaison tient si tu réfléchis en termes de risque et de récompense. C'est comme la vie, Freja. Qui ne risque rien n'a rien.

— Qui ne risque rien ne perd rien, rétorqué-je.

— C'est une façon de vivre très ennuyeuse.

— Ah, la sécurité est ennuyeuse ?

— Facile d'être en sécurité lorsqu'on est née avec tous les privilèges d'une couronne.

La remarque est cinglante. Je cille.

— Tu méprises mon statut…

— Je méprise toute forme d'élitisme.

— Oui, ton yacht de milliardaire le prouve très bien.

— Moi, j'ai gagné cet argent.

Soudain, mes veines bouillonnent de rage. Je bondis sur mes pieds, les poings serrés.

— Et j'ai donné toute ma vie à mon peuple, m'écrié-je. Je n'ai pas de vie privée, pas de secret, pas de liberté. Je n'avais même jamais embrassé un homme avant ton insolente petite parade à Marlsdoven ! Tu ne sais rien de ce que j'ai sacrifié pour le trône. Qu'est-ce que tu crois, que je ne vis pas chacun de mes jours avec un horrible nœud de rancœur dans le ventre ? Tu n'as aucune idée de tout ce qu'on attend de moi !

Je presse une main contre mes côtes, à l'endroit où la rancœur dont je parle pulse, se resserre, et me fait mal.

Santiago s'est levé à son tour ; d'un pas souple, il me rejoint. Il se penche, têtu, et cherche mon regard.

— Alors pourquoi le fais-tu ?

Je ricane, dédaigneuse.

— Tu crois que j'ai le choix ? Je n'ai pas de frère et sœur, pas de cousin. Il n'y a personne d'autre pour reprendre le flambeau si je décidais d'abdiquer. Et je ne le ferais pas, de toute façon ; ce n'est pas envisageable. Pas dans ma lignée. Pas dans ma famille. Mes parents m'ont éduquée pour ce rôle. Ils m'ont enseigné mes responsabilités, mes devoirs. J'ai toujours su ce que je deviendrais. Je veux leur faire honneur.

— Et pour leur faire honneur, tu dois devenir reine, et épouser un homme qu'ils ont choisi pour toi.

— Oui, dis-je en relevant le menton, défiante. Parce que c'est mon devoir, et que je suis née pour m'y astreindre. Alors ne viens pas me parler de privilège quand tu as le droit de faire ce que tu veux quand bon te semble.

Entre nous, la tempête gronde et se craquelle, prête à éclater. Je respire trop vite, la bouche sèche, la trachée en feu.

— Tu es peut-être née pour la Couronne, mais c'est toi qui laisses ces obligations te définir.

Je secoue la tête.

— Tu ne peux pas comprendre. Ce n'est pas ta faute ; comment *pourrais*-tu comprendre ?

— Oh ! bien sûr ! Comment pourrais-je comprendre, un moins-que-rien né dans la pauvreté, hum ?

— Non, tu n'as pas le droit de faire de moi un monstre d'élitisme. Tu projettes complètement. C'est injuste.

— Vraiment ? Et qu'est-ce que je projette ? raille-t-il.

Mais je campe sur mes positions. Cette dispute a clarifié son point de vue. Je comprends son mépris, son comportement le jour de notre rencontre. Je comprends l'aigreur avec laquelle il considère ce que je représente.

— Tu préfères penser que je te regarde de haut, que je regarde le monde entier de haut parce que je suis princesse. C'est faux, et tu le sais. Si je le pouvais, j'abolirais la royauté sans une once d'hésitation, Santiago. Mais pour mon peuple, pour ma culture, c'est important. L'institution est importante. Même si mon statut est grotesque et déshumanisant. Qu'est-ce que tu crois ? Que j'aime ce que je suis ? Je ne suis même pas une *personne*, je ne suis qu'une figure de proue. Mon visage est imprimé sur des serviettes, des tasses et des cartes postales, vendues en masse dans les boutiques du centre-ville et des aéroports. Les visages de mes parents aussi. Nous n'avons jamais rien été d'autre que la propriété du peuple de Marlsdoven. Des coquilles vides, des masques. À une autre époque, les rois avaient le pouvoir, d'accord. Leur vie privée était moins exposée. Mais aujourd'hui ? Mon rôle est de sourire aux événements officiels et de représenter un idéal de parfaite retenue, sous peine d'être immédiatement considérée comme un parasite ingrat. C'est aussi simple que cela. Voilà ce que tu définis comme un privilège.

Un éclat de compassion danse dans ses yeux, mais sa réponse est acérée comme une lame :

— Alors bats-toi. Refuse.

— Je ne peux pas.

— Qu'est-ce qui se passerait, hum, si tu décidais de vivre ta vie comme tu l'entends ? Si tu avais un petit ami ? Si tu portais des jeans ? Si tu parlais de ce qui te tient à cœur en public ? Tu serais quoi, virée ?

Sa question est sincère. Un peu ridicule, aussi. Je souris. La pression des dernières minutes s'adoucit.

— Je ne peux pas être « virée », admets-je. C'est constitutionnellement impossible.

— Alors tu serais critiquée. Et tu ne le supportes pas.

Je détourne le regard. Il a raison.

— Mais c'est *ton* choix, Freja. Risque et récompense. Tu ne prends pas de risque ; tu ne peux pas profiter de la récompense.

— Je ne suis pas libre de…

— Tu es une personne. Tu as le droit et la possibilité de vivre comme tu l'entends. Ai-je tort ?

— Oui. Je ne peux pas oublier ce que mes parents m'ont inculqué. Je ne peux pas oublier ce qu'ils attendent de moi.

— Et ils attendent de toi que tu sois malheureuse ?

— Je ne suis pas malheureuse !

Son regard me transperce.

— D'accord. Ils attendent de toi que tu épouses un homme que tu admets ne pas désirer ?

— Le sexe n'a pas d'importance.

Il rit, sourcil arqué.

— Attention, *querida*, tu vas me donner envie de te prouver le contraire.

Je sens que mes joues s'enflamment, mais je ne me laisse pas distraire par l'éclair de son sourire, pas cette fois.

— L'accord de mariage a été conclu il y a longtemps.

— Et tu as pris part à cet accord ? insiste-t-il d'un ton sardonique.

— Je n'en savais rien avant la mort de mes parents.

— Ils ne t'en avaient jamais parlé ?

Son regard étincelle de colère. Sur la défensive, je corrige :

— Ils l'auraient fait à un moment ou un autre. J'étais trop jeune, c'est tout.

— Comment sais-tu que c'est ce qu'ils voulaient, alors ?

Je cligne des yeux, perplexe. Il reprend :

— Tu dis qu'ils ont passé cet accord il y a longtemps. Comment sais-tu que leurs intentions n'avaient pas changé ?

— Ils auraient déchiré le contrat. Il était dans le coffre-fort de notre famille, avec tous les autres documents importants.

— Peut-être qu'ils ont simplement oublié. Peut-être que ça n'a pas d'importance. Tu choisis d'obéir à une décision qu'ils ont prise sans toi, il y a plusieurs décennies. Tu es complice de ton propre emprisonnement.

— Je sais ! Pourquoi penses-tu que je suis ici avec toi ? C'est un acte de rébellion. Un fragment de liberté avant de retourner au palais et de vivre la vie que mes parents ont imaginée pour moi.

Sa mâchoire se crispe. Dans son regard enflammé, je vois tout le poids de sa désapprobation.

— Qu'aurais-tu fait, Santiago, si tes parents avaient eu des plans pour ton avenir ?

Il grimace.

— Je me serais enfui dans la direction opposée sans me

retourner. Mais ce n'est pas comparable ; je ne suis pas proche de mes parents, et j'ai toujours préféré faire le contraire de ce qu'ils attendaient de moi.

La révélation est assez intime pour m'arracher à ma propre angoisse. Je l'observe à mon tour, curieuse.

— Oh. Pourquoi ?

Avec une indifférence étudiée, il hausse les épaules, mais sous l'indolence je devine encore une fois son esquive. La forteresse qu'il a érigée autour de lui est imprenable.

Au lieu de me répondre, il me tend la main.

— Pour beaucoup de raisons, et elles sont toutes ennuyeuses à mourir. Je préfère de loin encourager *ta* rébellion, *princesa*.

8.

Le soleil fond comme de la cire à l'horizon, bas dans le ciel, un orbe d'or et de feu sur une toile de pourpres et de roses. Je sais que nous allons devoir rentrer bientôt. Mes agents risquent de s'inquiéter de ma si longue absence. Mais le yacht est un refuge impossible, une bulle de rêve en dehors de ma réalité quotidienne. Je suis tentée de croire que le temps peut s'arrêter, ici.

— J'ai une question pour toi, dis-je.

Nous sommes dans la cuisine. Santiago lève les yeux vers moi, interrogateur, mais continue d'arranger le plateau qu'il prépare. Je devine sa méfiance. Il aime creuser dans mes secrets, mais il me fait obstacle quand je veux faire de même.

— Je t'écoute.

— Quel âge as-tu ?

Il rit, visiblement soulagé.

— J'ai eu trente et un ans il y a quelques mois, dit-il avant de prendre une gorgée de bière. Pourquoi ?

Maintenant qu'il a terminé, il attrape le plateau et vient le déposer sur la table basse, devant moi. Il s'assoit à mes côtés, et, même si nous avons passé tout l'après-midi au lit, ce frôlement innocent accélère le battement de mon cœur.

— Hier soir… tu as dit que tu ne voulais pas d'enfants. Je peux te demander pourquoi ?

J'ai eu le temps d'y réfléchir, ensuite. Je ne me suis pas beaucoup attardée sur la question, jusqu'ici. En tant que dernière survivante de ma lignée, j'ai l'obligation absolue de produire des héritiers. Je ne sais pas ce que j'aurais choisi de faire si je n'avais pas été éduquée dans cette optique, mais je pense que j'aurais voulu des enfants quoi qu'il en soit. Mon instinct me souffle que je suis bien plus impatiente d'être mère qu'être épouse.

— Ça te surprend ? esquive-t-il.

Je mords dans une olive, juteuse et salée.

— Tu vas répondre à toutes mes questions avec une question ?

— Tu poses beaucoup de questions…

— Non, je pense juste que je pose les questions auxquelles tu ne veux pas répondre.

Il accuse le coup avec un petit rire, puis semble peser le pour et le contre. Quelques secondes s'écoulent avant qu'il reprenne la parole :

— Je n'ai jamais voulu d'enfants.

Son ton est net et coupant. Pour Santiago, la conversation est close. Comme d'habitude, je me bats contre un mur de briques. Et comme d'habitude, cela ne me décourage pas.

— J'ai toujours su que je devais en avoir plusieurs, dis-je, pensive. Je suis la dernière héritière de ma lignée, donc c'est à moi de la préserver.

Il m'observe d'un regard intense, attentif.

— Donc ce sera une de tes priorités, après ton mariage ?

Je hoche la tête. Je le cache, mais l'idée me remplit soudain d'angoisse. Je vais devoir concevoir, rapidement, avec un homme qui me laisse froide. Je lève les yeux vers Santiago ; ses traits sont tendus. Son expression fait courir un frisson sur mon échine.

— Et ton fiancé est d'accord ?

— Ce n'est pas *vraiment* mon fiancé ; et nous n'en avons jamais parlé.

— Peut-être qu'il ne veut pas d'enfants.

— Ce n'est pas une option.

— Pourquoi tu ne sais rien de lui ?

— Je l'ai rencontré deux ou trois fois… Je connais son père et sa mère, et nos parents étaient amis…

— Et tu crois que c'est suffisant ?

Sa désapprobation est évidente et me frustre terriblement.

— Cela n'a aucune importance, Santiago.

— C'est complètement fou, Freja. Tu parles d'épouser cet homme. Tu ne crois pas que tu devrais au moins vérifier si vous êtes compatibles ?

— Sexuellement ?

— Entre autres, mais pas seulement. Et si ses opinions politiques diffèrent drastiquement des tiennes ? S'il a un sens de l'humour atroce ? S'il porte ses sous-vêtements par-dessus son pantalon ?

— Comme un superhéros ? demandé-je en riant. Parfait, j'ai toujours rêvé d'être Lois Lane.

Sa bouche s'incurve sur un sourire, mais il se mord la lèvre pour le retenir. Il secoue la tête.

— Freja… Et si tu le détestais ?

Quand je baisse les yeux, je m'aperçois que je tords mes doigts avec nervosité sur mes genoux. L'anxiété monte en moi lentement. Sûrement.

— Je ne le détesterai pas…

— Parce que tes parents connaissaient ses parents ?

— Parce que je n'ai pas le *droit* de le détester.

Le silence retombe. Devant l'ampleur de son scepticisme, je me sens soudain très petite.

— Tu penses que je suis folle.

— Je pense que tu aimes profondément tes parents. Et que leur perte t'a fait beaucoup de peine.

Sa réponse est complètement inattendue. Avec horreur, je sens les larmes me monter aux yeux. Je ravale difficilement la boule qui m'obstrue la gorge.

— C'est un euphémisme, oui, murmuré-je.

Il doit avoir fait ses recherches ; il doit connaître l'histoire, comme tout le monde. Je continue malgré tout :

— Leur voiture a quitté la route lors d'un voyage en Égypte. Mon père est mort sur le coup, ma mère deux jours plus tard. J'ai juste eu le temps de la rejoindre et de lui tenir la main avant qu'elle… Je n'oublierai jamais son visage… Si pâle et si faible. C'était terrible.

Il ne dit rien. Je lui en suis reconnaissante.

— C'est étrange pour moi de t'entendre dire que tu ne veux pas être proche de tes parents. Je donnerais tout pour passer une journée de plus avec eux.

Il soutient mon regard. À cet instant, je n'ai aucune idée de ce qu'il peut bien songer. Son visage ne communique rien.

— C'est normal, si vous étiez proches.

— Mais ce n'est pas ton cas. Comment sont-ils ?

Il reste précautionneusement impassible.

— Très différents.

— De toi ?

— Oui, Dieu merci, raille-t-il. Je préfère ne pas penser à eux. Et tu n'apprendras rien de moi en insistant pour en savoir plus. Je ne les ai pas vus depuis des années.

Visiblement, j'ai posé la question une fois de trop : sa voix s'est faite coupante comme un éclat de glace. Je hoche la tête, prête à changer de sujet, mais, à ma grande surprise, il reprend sans encouragement :

— Ma mère est une junkie. J'ai passé mon enfance à la regarder triper, et, quand elle était consciente, à faire une fixation sur sa prochaine dose. Mon père était en prison les trois quarts du temps. Quand il finissait par rentrer à la maison, c'était un soûlard violent. Ils se disputaient sans arrêt. Il m'a frappé jusqu'à ce que je sois assez grand pour me défendre. C'est ce que tu voulais savoir ?

Son regard me poignarde. Je suis sonnée, muette.

— Je suis parti quand j'avais dix-huit ans, conclut-il.

Dix-huit ans. Dix-huit ans de calvaire, condensés en quelques phrases laconiques, jetées d'un ton arctique.

— Et tu ne les as pas revus depuis ?

Il lâche un petit rire, dur comme du silex.

— Si seulement… Non, dès que mon succès m'a catapulté dans les journaux, ils sont réapparus aussi sec.

— Pour…

— Pour de l'argent. Ma mère trouvait que je lui devais bien ça, avec tout ce qu'elle avait dépensé pour m'élever.

Je serre les dents et retiens *in extremis* l'insulte indignée qui me monte à la gorge. À la place, je siffle :

— J'espère que tu lui as dit non.

— Non, *querida*. Je leur ai donné leur argent. J'espérais qu'ils l'utiliseraient pour s'en sortir, mais ils ont tout flambé pour des soirées. Plus de drogue. Je n'ai de nouvelles d'eux que quand ils ont besoin de quelque chose.

La dernière remarque est jetée avec nonchalance, mais elle est significative. Les parents de Santiago l'ont ignoré, frappé, utilisé, exploité depuis son enfance. Ils continuent de le faire aujourd'hui. Ils l'ont laissé partir quand il n'était qu'un adolescent. Ils ne sont revenus vers lui que par intérêt. Soudain, la distance à laquelle il se raccroche prend tout son sens. Bien sûr qu'il ne veut pas s'attacher à quiconque ; bien sûr qu'il ne veut dépendre de personne.

Bien sûr qu'il ne veut pas d'enfants.

Je ne peux pas me retenir : je me penche vers lui, le cœur serré de compassion. Il se raidit, et je comprends que mon visage exprime clairement ce que je ressens. Mais j'ignore sa tension, le langage de son corps qui me crie son rejet ; je pose une main sur sa poitrine. Je soutiens son regard sans ciller.

— Santiago, je…

Ma gorge se serre. Que puis-je bien lui dire ? Je ne peux rien lui promettre. Ma réalité ne me le permet pas, même s'il était prêt à accepter ma compassion et mon… amitié. Plus que de l'amitié.

Alors je lui souris, le plus sincèrement possible.

— Il faut vraiment que je rentre, tu ne crois pas ?

Les étoiles scintillent dans le ciel comme des diamants. Je ne suis toujours pas rentrée à l'hôtel, malgré mes bonnes intentions. À la place, nous avons nagé dans l'eau délicieusement claire, partagé un bol de fraises dans le jacuzzi, et fait l'amour sur le pont du yacht pendant que la nuit déroulait son ciel de velours.

— Tu es très bon à ce petit jeu, tu sais, dis-je, la peau caressée par la brise du soir.

— Quel jeu ? sourit-il, tiède contre moi.

— La séduction. C'est comme ça, d'habitude ?

— Je n'ai pas d'habitudes.

Il se soulève sur un coude, le visage éclaboussé de lune.

— Mais ce que nous vivons est une grande première.

Mon cœur frémit ; rate un battement ; s'accélère.

— Oh ?

— Premièrement, je n'avais jamais couché avec une princesse, susurre-t-il, espiègle.

Je ris un peu, mais mon souffle sursaute lorsqu'il se penche vers moi, irrésistiblement lascif, et murmure :

— Et deuxièmement, mes fréquentations ne se disputent pas avec moi comme tu le fais, normalement.

Je déglutis, mais une douleur dure et poignante pulse dans mon sternum. Évidemment. Il n'a que des relations éphémères. Des aventures sans lendemain. Comment pourrait-il avoir des dialogues productifs ? Il ne partage rien d'autre qu'une intimité physique, jamais une intimité émotionnelle.

Je le regarde dans les yeux, un long moment. Me voit-il de cette façon ? Comme une liaison qui touche déjà à sa fin ? Comme un corps qui exulte, et seulement cela ?

— Je voulais te haïr, murmuré-je.

— Je sais, dit-il en caressant ma bouche de son pouce. À cause du casino ?

— Oui. Et de ta réputation. Tout ce que tu représentes est une menace pour ce que je suis. Peut-être que j'avais compris avant même de te rencontrer que tu serais capable de fragiliser ma tour d'ivoire.

— Tu penses que c'est ce que je fais ?

Oui. Sans aucun doute. Mais dans quelques jours, je serai de retour à Marlsdoven. Je reprendrai ma vie parfaitement planifiée, les responsabilités que j'endosse depuis ma naissance, le statut que je connais si bien. Et Santiago ne veut pas faire tomber les murs derrière lesquels je me protège ; pour lui, ce n'est qu'une aventure sans importance.

Il tapote le bout de mon nez, et je retombe sur terre.

— Le jour de notre rencontre, tu étais très féroce.

— Tu n'as pas vraiment fait des courbettes, toi non plus.

— Je n'en fais jamais, sourit-il. Mais je m'attendais à ce que tu sois calme, agréable. Que tu sois désespérée de signer ce contrat, ravie de me vendre tes terres, d'accueillir un projet lucratif sur ton territoire. Je ne m'attendais pas du tout à ce que tu t'y opposes.

— Et tu es déçu que ce soit plus compliqué que prévu ?

Il grimace. Voilà qu'il cherche de nouveau à fuir ma curiosité. Je soupire.

— Ne t'inquiète pas. Je comprends, je pose trop de questions. Oublie ça.

Il fait claquer sa langue et secoue la tête.

— Non, je ne suis pas déçu. J'ai l'habitude de gagner. Je prends beaucoup de plaisir à éviscérer ceux qui se mettent en travers de ma route. Je ne m'attendais pas à ce que tu t'opposes à moi, mais…

Après une journée de conversation en anglais, son accent est plus épais, plus réel ; il me regarde toujours, bien en face, de ses prunelles intenses et brutes de franchise. J'attends. Je retiens mon souffle.

Au lieu de terminer sa phrase, il secoue la tête. Ce n'est pas grave. Je n'ai pas besoin d'explications. Je comprends : je suis son adversaire, et pourtant il ne veut *pas* m'éviscérer. Je ressens la même chose. Il m'accorde un délai par générosité. La construction du casino me fera assurément du mal, mais ce n'est pas ce qu'il veut. Écouter mes demandes est un rameau d'olivier, un avantage qu'il n'offre jamais à ses ennemis.

— Tu es différente de ce à quoi je m'attendais, confesse-t-il finalement, avec un haussement d'épaules.

— Dis-moi… Tu ne te sens pas trop seul, parfois ?

La question le prend par surprise ; il fronce les sourcils. Il recule légèrement et brise notre contact. La main que j'avais posée sur sa poitrine retombe.

— Non.

— Pourquoi c'est si difficile pour toi d'être honnête avec moi ?

— Je suis parfaitement honnête.

— Très bien. Alors dis-moi, tu as quelqu'un dans ta vie ? Quelqu'un qui t'aime vraiment et que tu aimes ?

Ses yeux étincellent de vexation.

— Ma vie, c'est mon travail, *querida*. Et c'est tout ce dont j'ai besoin.

Son ton est sans appel. J'hésite. Ai-je tort ? Peut-être ai-je laissé ma propre solitude fausser ma perception de lui. Peut-être que je veux l'entendre avouer sa propre peine, avouer qu'il veut changer, et… et quoi ? Nous ne pouvons rien partager d'autre que cet instant. Qu'est-ce que j'espère ?

Il brise mon angoisse en se penchant sur moi ; il m'embrasse, et son baiser est passionné, brûlant.

— Et j'aime faire l'amour avec toi, souffle-t-il contre mes lèvres – peut-être pour me rassurer.

Je réponds à son baiser et m'y laisse sombrer, électrisée. Je ne dis rien. Je ne peux pas lui avouer ce que je ressens. Je ne peux pas lui dire que ce qui rôde autour de mon cœur dépasse de loin nos étreintes.

9.

Oh-oh. Ils ne sont vraiment pas contents.

Je souris en envoyant le message ; vraiment, je ne devrais même pas plaisanter sur le sujet. Mes agents étaient visiblement à deux doigts de prendre le staff du casino en otage pour obtenir des réponses sur l'itinéraire du yacht. Pour la première fois de ma vie, j'ai fait ce que j'avais envie de faire sans me préoccuper de l'opinion de mes employés… Et je sais que je devrais être penaude. Mais je suis seulement heureuse, sauvagement heureuse.

Tu crois qu'ils peuvent m'arrêter pour kidnapping ?

Absolument. Je viendrai te voir en prison.

Oh ! dans ce cas, ça en vaut la peine.

Mon cœur se serre. Je fronce les sourcils, les yeux fixés sur l'écran du téléphone. Je n'ose pas répondre ; mon esprit conjure une riposte, deux, dix, mais aucune n'est assez convaincante. Je l'ai quitté il y a une heure et je me demande déjà quand je vais le revoir. J'ai encore deux nuits en Espagne ; je ne veux pas perdre un instant.

C'est lui qui reprend la conversation où je l'ai laissée.

Tu es libre ce soir ?

Qu'est-ce que tu as prévu ?

Une surprise. Rejoins-moi sur le toit. Je te fais envoyer une clé.

Je souris et repose le téléphone. Très vite, Lars toque à ma porte et me tend une enveloppe. J'ai le cœur qui bat la chamade et le souffle court. La note est courte et concise, calligraphiée d'une main élégante et efficace ; Santiago m'explique comment trouver l'ascenseur et rejoindre l'hélipad qui m'attend sur le toit. J'attrape la carte électronique au fond de l'enveloppe, et lève les yeux vers mon pauvre garde du corps.

— Je sors ce soir. Ne m'attendez pas.

Les lumières de Barcelone brillent loin en contrebas. Le cœur léger et les joues tirées d'avoir trop souri, je dévore la vue des yeux. Je ne sais pas où nous allons, et peu m'importe ; je ne crois pas avoir jamais été aussi insouciante.

— J'ai l'impression d'être un aigle, d'ici.

— Un oiseau de proie, hein ? C'est un choix intéressant.

Sa voix rieuse craquelle dans l'oreillette de l'hélicoptère. Je me tourne vers lui, mais ma réponse meurt dans ma gorge. Il y a quelque chose d'incroyablement fascinant – et d'incroyablement séduisant – à le voir ainsi, souriant, aux commandes de l'hélicoptère. Il a relevé ses manches sur ses bras hâlés, le tatouage du serpent comme un compagnon dangereux sur sa peau, et il contrôle l'engin avec une expertise et un plaisir évidents.

— Quand as-tu passé ton permis ?

— Oh ! dès que j'ai pu acheter mon premier avion. C'était logique d'apprendre à voler. Je voulais savoir comment ça marche, même si je ne suis pas toujours le pilote.

— Tu prends aussi les commandes de ton jet ?

— Rarement. Parfois, je fais le copilote, c'est très formateur. Mais la cabine est plus confortable.

Il me lance un clin d'œil. Oh ! il est incorrigible. Je comprends à retardement qu'il fait référence au *lit* installé dans la cabine de son jet, et peut-être que je rougis – en tout cas, je lui rends son sourire, et nos regards s'accrochent un instant. Un instant, ou une éternité. Je détourne les yeux la première. Je me concentre sur la vue. Nous sommes très haut, mais notre position me donne moins le vertige qu'une seule seconde emprisonnée dans les prunelles sombres de Santiago.

La pression monte. Chaque moment est un exercice de retenue. Je suis douloureusement consciente de sa proximité, des mouvements de ses mains aux commandes. C'est un soulagement lorsque l'hélicoptère amorce sa descente vers un terrain désert, couvert par les ombres de la nuit.

— Tu n'aimes pas voler ?

— Oh ! si, cela ne me dérange pas.

— Alors pourquoi es-tu si nerveuse avec moi ?

— Je suis juste un peu… bouleversée par les événements, je pense.

Il arque un sourcil et, de nouveau, son visage s'éclaire de ce sourire si magnifique, si éclatant, ce sourire qui me fend l'âme comme un glaive.

— Détends-toi, Freja. Ce n'est qu'une nuit parmi tant d'autres.

J'aime toujours autant la façon dont il prononce mon prénom. J'en ai la chair de poule. Une fois l'hélicoptère posé, il ouvre la portière sur la brise tiède de la nuit.

« Ce n'est qu'une nuit parmi tant d'autres. »

— Tu avais raison sur les restaurants de Barcelone ; il y a trop de risques que tu sois reconnue. Mais ici, c'est bien plus calme.

Je vérifie tout de même que ma perruque brune tient bien en place.

— Oui, oui, ton déguisement est très sexy, taquine Santiago en passant devant moi.

Je lui donne un coup d'épaule en riant, et il reste à mes côtés, proche, tiède et familier, pendant que nous descendons vers les petites rues pavées du village. D'une farandole de petits restaurants illuminés montent le bruit des conversations et le cliquetis confortable des couverts. Il tourne dans une ruelle animée.

— Aliz, le restaurant, est connu pour ses fruits de mer. Les gens viennent des villes alentour pour y manger.

— Tu viens souvent ?

— Assez souvent, sourit-il. Tu ne seras pas déçue.

Il s'arrête devant une adorable brasserie qui fait le coin. La façade est en verre, sans doute baignée de soleil en plein jour. Ce soir, elle est habillée pour la nuit et scintille de bougies, bercée par un morceau de jazz.

— Santiago !

Le maître d'hôtel nous accueille comme de vieux amis.

— Enrique, comment vas-tu ? Je te présente une de mes amies : Lois.

Je cache mon sourire et croise son regard pétillant d'humour. Je tends poliment la main à Enrique.

— Enchantée.

Il embrasse le dos de ma main, mais mes yeux sont toujours plongés dans ceux de Santiago.

Enrique nous guide dans une alcôve discrète, partiellement dissimulée par un figuier en pot aux feuilles luxuriantes. Je prends la place qui tourne le dos à la salle pour plus de discrétion.

— Tu veux le menu ? me propose Santiago.

— Tu ne le demandes pas, d'habitude ?

— Je laisse Enrique me conseiller sur les meilleurs plats de la saison.

C'est un gage de qualité, venu d'un homme aussi contrôlé.

— Hum, dans ce cas, je te suis. Je ne suis pas difficile.

Enrique nous rejoint bientôt. Santiago lui explique en espagnol que nous suivrons ses conseils.

— Comment as-tu trouvé cet endroit ? m'enquiers-je une fois que nous sommes seuls.

— Par hasard, il y a plusieurs années. Je voulais développer un complexe hôtelier sur la côte, juste là, dit-il en montrant la fenêtre d'un mouvement de la main.

Je me penche en avant. Il fait noir dehors, et l'éclat pâle des lampadaires danse avec celui de la lune. La plage est calme, déserte, parée d'argent, bercée par le murmure doux de la mer.

— Mais tu ne l'as pas fait… ? remarqué-je.

Un serveur approche avec une bouteille de champagne. Il fait sauter le bouchon et nous sert avec élégance. Santiago lève sa flûte et la fait tinter contre la mienne avant de boire une gorgée sans me quitter du regard. Je souris ; le champagne pétille sur ma langue, léger et exquis. Je le savoure en fermant les yeux. Quand je rouvre les paupières, Santiago me fixe toujours.

— Non. Non, ce n'était pas le bon endroit.

Oh ? *Intéressant*. Je hausse un sourcil railleur.

— Vraiment ? Et pourquoi pas ?

— Une grande partie de ce qui fait le charme de ce village, c'est qu'il est inaccessible. C'est intimiste. Le nombre de touristes est très limité. En faisant construire un hôtel pour exploiter le charme de la région, je l'aurais effectivement détruit.

J'en reste bouche bée.

— Tu as abandonné un projet lucratif pour protéger le village ?

— Attention, c'est très différent de Marlsdoven…

— Et pourquoi donc ?

Il se penche en avant et pose sa main sur la mienne.

— Le casino sera construit dans une capitale européenne, et il n'apportera que du rayonnement à Marlsdoven. Construire un hôtel ici aurait été une mauvaise décision commerciale. C'est un paradoxe : l'attrait pittoresque d'un petit village de la côte se serait évaporé avec l'arrivée de ma clientèle. Qui plus est, je ne voulais pas abîmer le paysage. Le projet aurait eu des conséquences désastreuses à court et long terme.

— Donc le risque n'en valait pas la peine.

— Exactement. Les inconvénients contrebalançaient les avantages. Ce n'est pas le cas pour le casino. Les études de marché sont claires, les objectifs financiers estimés à Marlsdoven sont astronomiques. Crois-le ou non, ta population a répondu très favorablement à nos prospections, et trente-cinq pour cent des touristes interrogés ces six derniers mois ont mentionné leur désir de visiter un casino, si la ville en possédait un.

Je ferme les yeux, l'estomac noué. Je sais ; je sais que je n'ai aucune raison de le combattre. Ses arguments me montrent encore une fois combien il est futile d'essayer.

— Freja. Dis-moi pourquoi tu es si opposée à cet accord.

— Je t'ai déjà…

— Oui, oui, tu m'as dit que tu détestais le jeu, mais tu ne m'as pas expliqué pourquoi. Et je ne suis pas stupide. Je sais qu'il y a une raison derrière ton refus. Je sais que c'est personnel pour toi.

Je lève les yeux. L'arrivée du serveur me laisse une minute de répit pour rassembler mes esprits ; une odeur délicieuse de safran émane du plat qu'il pose entre nous.

Quand il nous quitte, Santiago reprend :

— Tu es pâle comme un linge dès que j'aborde le sujet. Je *sais* que ce n'est pas seulement une histoire de culture, ou la nécessité de protéger tes citoyens du grand méchant loup. Alors que se passe-t-il, *princesa* ?

Je l'observe un moment en silence. Je le jauge, à la recherche peut-être d'une faille dans la confiance improbable que je lui porte. J'ai protégé ce secret toute ma vie, mais je suis convaincue qu'il en prendra soin, si je lui avoue.

— Mon oncle était accro aux jeux, chuchoté-je en jouant avec ma flûte de champagne. Il l'a caché pendant des années. Il allait à l'étranger. Il a commencé par des tournois de poker, puis il a hanté les casinos d'Europe. À chaque fois, il a perdu des sommes absolument astronomiques. Il a vidé son fonds fiduciaire en dix-huit mois. Le revenu annuel que lui rapportaient les domaines de la famille était important, mais il a dû hypothéquer et emprunter sur toutes ses propriétés jusqu'à ce qu'il se noie de toutes parts dans les dettes.

Je prends une gorgée de champagne. Santiago attend que je continue, silencieux. Je n'ai pas parlé de Richard pendant des années, mais soudain, les mots se déversent sans effort.

— Je pense qu'il a toujours souffert d'être le second fils, d'une certaine façon. Personne n'attendait rien de lui, on ne parlait pas de lui. Il n'avait de valeur qu'en tant que substitut. Il était utile, mais seulement s'il arrivait quoi que ce soit à mon père. Il avait beaucoup d'argent, il était célèbre, mais il n'avait pas d'objectif. Pas de valeur. Pas de place.

— Et il a trouvé du plaisir dans le jeu, murmure Santiago.

— Mon père s'en est terriblement voulu. Il était préoccupé par sa famille et ses responsabilités. Ils se sont éloignés, mais mon père pensait que mon oncle était heureux, qu'il menait la vie qu'il voulait. Il était libre quand mon père n'en avait pas le droit, et je crois même que mon père l'enviait.

— Comment a-t-il découvert la vérité ?

— Mon oncle s'est suicidé, dis-je d'une voix atone.

Santiago fronce les sourcils.

— Personne ne le sait, ajouté-je. Les journaux ont raconté qu'il était mort après une longue bataille contre la maladie. Ce n'est pas exactement faux.

Il hoche la tête, solennel.

— Il a laissé une lettre où il a listé toutes ses pertes. Il se sentait prisonnier. Il avait tenté de s'extirper de ce cercle vicieux pendant des mois. Essayé de gagner encore et encore pour couvrir ses dettes, et continué de perdre. Mon père… Il avait de l'argent, il aurait pu l'aider, mais mon oncle avait trop honte pour lui demander.

Le silence s'installe un moment. Quand Santiago reprend la parole, sa voix est dénuée de toute émotion :

— Je suis vraiment navré. Ta famille a dû être dévastée.

— Oui. Personne n'en savait rien. Le secret a été bien gardé après la mort de Richard.

— Quel âge avais-tu ?

— Onze ans. Je… La mort de son frère a brisé quelque chose chez mon père. Il l'aimait de tout son cœur. Il voulait le protéger. Le perdre ainsi… Il se sentait coupable. Responsable.

— Ce n'était pas sa faute. C'est inutile de s'en vouloir.

— Peut-être. Mais c'est inévitable.

Je souris, tendue. Je ne sais pas ce qu'il pense : il prend soin de ne rien dévoiler. Les murmures du restaurant continuent de s'élever autour de nous, mais tous ces bruits me paraissent lointains.

— Il a changé, après la mort de son frère. Il était obsédé par son devoir, ses responsabilités. Il voulait que je comprenne l'importance de notre rôle. Peut-être qu'il imaginait Richard à ma place. Il m'a enseigné tout ce qu'il n'a pas eu le temps de lui transmettre.

Santiago m'examine. Sa perspicacité me dissèque sans aucune difficulté :

— Et tu voulais être à la hauteur de ses attentes. Tu veux *toujours* être à la hauteur.

C'est la vérité, mais, dans sa bouche, cela ressemble à une critique.

— Je veux lui faire honneur, précisé-je.

— Et qu'est-ce que cela implique ?

Je hausse les épaules. Ma voix est plus froide, maintenant ; j'ai les épaules raides, je suis sur la défensive.

— C'est très simple : je fais exactement ce qu'on attend de moi. Ce pour quoi je suis née.

— Sans jamais dévier du chemin que ton père a tracé pour toi.

— Non. Jamais.

J'en suis fière. Et étrangement, l'admettre à voix haute me semble significatif. Comme si je fermais une porte.

— Freja…

J'ai détourné le visage, mais il glisse ses doigts entre les miens. Je regarde nos mains. Sa paume puissante, sa peau dorée contre la mienne, si pâle.

— Tu dis que ton oncle a grandi dans l'ombre de son frère. Et tu as raison, pour certains, le jeu remplit un manque. Un gouffre. Mais pas seulement le jeu. Si c'est d'une béquille qu'il avait besoin, ton oncle aurait aussi bien pu sombrer dans d'autres addictions. L'alcool, la drogue…

Je lève les yeux. Les ombres de son passé flottent entre nous, silencieuses mais évidentes.

— Ton oncle jouait, continue Santiago. Mais il n'en résulte pas que le jeu est intrinsèquement mauvais.

— Le jeu l'a tué, Santiago.

Son silence est lourd de sens. Et je sais, je sais qu'il a raison, d'une certaine façon : le *vrai* problème, c'est que mon oncle n'était pas heureux, et qu'il a ressenti le besoin de se perdre dans quelque chose d'excitant et d'éphémère.

Mais je secoue la tête.

— Après ses funérailles, mon père a décrété que le jeu était un fléau. Qu'il n'avait pas de pouvoir sur le monde, mais qu'il pouvait au moins le bannir de Marlsdoven. Je n'ai pas repensé à cette promesse pendant des années – jusqu'à ce que tu abordes le Parlement avec ta proposition.

— Et tu l'as refusée instinctivement.

Je souris légèrement. Ma voix ne tremble pas, mais je suis nerveuse ; de la fourchette, je pousse le riz dans mon assiette.

— Je n'ai pas vraiment le pouvoir de la refuser, tu le sais. Si je demandais à mon Premier ministre, peut-être… Mais seulement si j'avais une autre possibilité tout aussi lucrative pour contrebalancer mon veto. Je suis consciente d'être biaisée. Simplement, s'il doit y avoir un casino à Marlsdoven, je veux que cela en vaille la peine. Je veux que mes conditions soient acceptées. Si je ne me bats pas, je ne sais pas comment je pourrais me pardonner d'aller ainsi contre les vœux de mon père et la mémoire de mon oncle.

Il attrape son verre et boit une gorgée, lentement, pensivement. Il n'a pas lâché ma main.

— Il y a deux ans, quand j'ai commencé à développer le projet d'un casino à Marlsdoven, ton gouvernement m'a transmis une liste de terrains opérationnels. J'ai choisi le domaine de la Couronne à cause de son rayonnement historique et de sa position centrale : sur la berge de la rivière, et bien desservi. Je suis toujours convaincu du bien-fondé de ma décision. Et ton gouvernement a encouragé ma décision, tu le sais ?

— Oui. Il y a longtemps que nous discutons d'urbaniser cette section de la ville.

Il m'examine, la tête inclinée de côté, puis prend une bouchée de son entrée. Je l'imite. Les épices sont savoureuses – elles me brûlent délicatement la langue.

— Mais tu avais d'autres projets, n'est-ce pas ?

Je soupire ; il a le don de débusquer tous mes secrets.

— J'espère depuis longtemps utiliser ces terres pour développer un centre d'art et de culture. Des musées, des galeries, un nouveau théâtre pour le ballet et l'opéra. Peut-être même un stade pour des événements sportifs. Organiser des ateliers pédagogiques pour les jeunes, et des expositions. Je voulais célébrer la riche histoire de nos arts nationaux… Mais nous n'avons pas le budget. Le gouvernement précédent n'a pas géré les fonds correctement, et les finances du pays sont au plus bas ; pour les années à venir, notre stratégie de gestion financière se doit d'être économe. Ce n'est pas possible pour le moment, même si je continue de penser que ce serait un merveilleux atout pour la ville.

— Et tes parents en seraient fiers, ajoute-t-il.

— Oui, avoué-je simplement.

— Alors que le casino te donne l'impression de les trahir.

— *C'est* une trahison. Mais c'est inévitable.

Je me force à sourire, à soutenir son regard.

— Je ne suis pas stupide, Santiago. Je sais que la bataille est perdue d'avance. Maintenant, je veux me concentrer sur ce que ton projet apportera à mon pays.

Je vois que ma réponse ne le satisfait aucunement, mais il hoche la tête et serre ma main dans la sienne, brièvement, avant de la délivrer.

— Tu aimes le repas, au moins ?

— C'est délicieux.

Notre conversation m'a remplie d'une ambivalence étrange, d'une émotion que j'ai du mal à nommer ; pour reprendre mon équilibre, je cherche un terrain plus stable. Je lui pose des questions sur les autres complexes qu'il a développés en Europe. Il semble comprendre que j'esquive, mais il se prête au jeu. La conversation coule de façon fluide. Il m'explique qu'il touche à tout, il me parle de ses projets, et les plats suivants sont absolument exquis et les heures s'écoulent sans que je les voie passer.

Quand nous nous levons enfin, le restaurant est vide. Je me tourne vers Enrique.

— Oh ! je n'avais pas vu l'heure ! Je suis vraiment navrée.

Il sourit largement.

— Aucun problème. Nous restons toujours tard.

Santiago l'étreint avec chaleur. Après leurs au revoir en espagnol, nous sortons dans l'air tiède et parfumé de la nuit et bifurquons vers le terrain où nous attend l'hélicoptère. Santiago a passé un bras autour de ma taille ; d'un commun accord, nous marchons lentement, ravis de savourer la dernière heure de notre escapade.

— Merci de m'avoir emmenée ici. J'ai passé une soirée merveilleuse. Je n'ai pas envie qu'elle prenne fin.

Il s'arrête et se tourne vers moi. Pendant un instant, il reste muet, mais son regard me touche, me transperce, et sombre dans le mien. Il pousse un long, doux soupir, et lève une main pour caresser mon oreille, découverte par la perruque brune. Je ne détourne pas les yeux ; je lui souris. Quelque chose de très tendre passe sur son beau visage. J'ai l'impression qu'il capitule sous l'assaut d'une force qu'il aimerait pourtant combattre. Il murmure :

— Alors ne l'interrompons pas, *princesa*.

10.

La lumière de l'aurore vacille sur les draps blancs et, instinctivement, je tends la main vers Santiago à côté de moi. Il est déjà parti. Je ne sais pas s'il a essayé de me réveiller, mais son absence fait naître en moi un manque intense. Je me redresse, soudain parfaitement alerte. À travers la baie vitrée, la ville s'éveille et la mer scintille.

Comment peut-il être devenu si important à mes yeux en une poignée de jours ? Je devais seulement m'amuser un peu avant de rentrer chez moi.

Une aventure sans attaches. Du plaisir et aucun regret.

Je ne suis pas sûre de pouvoir m'en sortir sans regret. Mais je ne peux pas nier le plaisir qu'il me donne. Sous la douche, je souris en me souvenant de ses rires, de ses baisers, de ses caresses pleines de révérence. Quand il me touche, j'ai l'impression d'avoir été faite pour lui – et lui pour moi. C'est idiot, bien sûr : je sais que je prête une explication sentimentale à notre alchimie purement physique. Mais tout de même – c'est une perfection que je chérirai longtemps.

Aujourd'hui, c'est mon dernier jour à Barcelone. Je passe une robe d'été et des sandales. Je ne peux même pas rêver de prolonger mon voyage. Je pars demain pour Marlsdoven, où un dîner diplomatique que je ne peux pas manquer m'attendra. Demain ; la fin d'une parenthèse idyllique.

Je passe la journée à flâner dans Barcelone. Je fais même un tour dans le casino avant de revenir dans ma suite en fin d'après-midi. Je suis en train de lire quand mon téléphone vibre sur la table basse.

Tu es libre pour dîner ?

Ça dépend. Avec qui ?

Ha, ha. Je serai de retour à Barcelone vers 18 heures. Ça t'irait ?

Mon cœur rate un battement. Si ça m'irait ? Je ne savais pas si j'aurais l'occasion de passer du temps avec lui – mais une soirée entière, avant de partir… C'est parfait.

Ça me va très bien. À bientôt.

Il arrive avec cinq minutes d'avance, un sac en papier sous le bras, et mon pouls s'emballe à sa vue. Il porte un jean et une chemise, mais il a retroussé les manches et ouvert le col. Sa peau est dorée par le soleil, ses cheveux rejetés en arrière par une main impatiente ; sur son beau visage, ses yeux intenses étincellent comme des obsidiennes.

Avec une simplicité désarmante, il se penche et m'embrasse sur la joue. C'est un geste si spontané, si intime, comme si nous étions un couple normal… Je détourne les yeux et repousse la douce amertume qui pointe le bout de son nez. Nous ne sommes pas un couple normal. Dans quelques heures, nous nous séparerons pour toujours.

— Qu'est-ce que tu as apporté ? dis-je en montrant le sac.

— Notre dîner, en kit, répond-il en posant le contenant sur le plan de travail.

Il sort ses achats, et, en voyant des gousses d'ail et la tige verte d'un céleri, je hausse les sourcils.

— Tu cuisines ?

— Ça te surprend ?

— Évidemment ! dis-je en riant. J'ai du mal à t'imaginer en tablier…

— Je cuisine torse nu, riposte-t-il avec un clin d'œil.

C'est juste une plaisanterie, mais je me sens quand même rougir. Oui, oui, je ne me lasse pas de le voir nu.

Dieu merci, cependant, il cuisine habillé, et il cuisine *bien.* Je le regarde faire, fascinée, en buvant un verre de son délicieux vin, pendant qu'il m'explique ce qu'il ajoute et me fait goûter directement à la cuillère.

Quand je déguste enfin une bouchée de sa paella, je dois me retenir de pousser une exclamation d'extase. Le safran, les olives et les tomates mijotées soulignent la richesse du plat sans troubler aucune de ses saveurs subtiles et solaires. Je ferme les yeux et savoure.

— Je vois que ça te plaît ?

— Où as-tu appris à cuisiner comme cela ?

— Ce n'est vraiment pas sorcier.

— Je t'imaginais plutôt au restaurant tous les soirs. Je ne savais pas que tu étais aussi un petit génie aux fourneaux.

Il secoue la tête avec un sourire.

— Je te jure, c'est très facile, la paella.

— Santiago… Tu sais que je vais insister sur le sujet jusqu'à ce que tu craches le morceau.

Il hausse les sourcils, amusé, et capitule sans rancune :

— Très bien, très bien. Mon premier appartement était situé juste au-dessus d'un marché. Je passais devant chaque soir, et je regardais les stands crouler sous les produits frais – les fruits de mer, les fromages, les légumes. J'ai commencé à expérimenter un peu. J'essayais de reproduire les repas que je mangeais au restaurant – la plupart étaient étonnamment simples –, et j'ai découvert que j'aimais cuisiner.

— Comme tu aimes faire du vin.

— *Precisamente*. C'est un plaisir de créer quelque chose qui convient exactement à tes goûts, de raffiner le produit jusqu'à ce qu'il corresponde à ce que tu souhaites. Tu cuisines ?

— Non, grimacé-je, je ne sais même pas faire griller un morceau de pain sans le brûler.

Il rit, et le son fait courir sur ma nuque un frisson.

— Tu devrais essayer, je pense que tu aimerais.

— Pourquoi ?

Sa main trouve la mienne sur la table.

— Cuisiner, c'est à la fois de la détente et de la discipline. Et pour faire quelque chose d'un peu compliqué, il faut une certaine dose de recherche et de technique. Je pense que ça te correspond bien. Et puis, tu as besoin de hobbies, tu te souviens ?

J'incline le visage, touchée malgré moi. Mon cœur se serre. Santiago est la première personne à me voir pour ce que je suis – pas une reine, mais une femme, avec des centres d'intérêt et des atouts. C'est la première fois qu'on m'encourage à explorer autre chose que ce qu'exige mon statut. La facilité avec laquelle il me voit pour moi-même est si réconfortante… Avec lui, j'ai l'impression d'être, *d'exister.* Je suis plus humaine que princesse. Comme si je pouvais faire ce que je veux. Devenir ce que je veux.

Je ne veux pas que cela s'arrête. Je ne veux pas partir.

J'essaie de sourire. J'échappe à ses yeux et me concentre sur la vue. Les vagues continuent de lécher la plage dorée ; elles seront encore là demain, et après-demain, quand j'aurai quitté les lieux. Et Santiago… Lui aussi reprendra sa vie.

Je ne sais pas si je pourrais reprendre la mienne.

— À quelle heure est ton vol ?

Ses doigts suivent les lignes de ma main et la courbe de mon poignet d'un mouvement rythmique et naturel, comme s'il me touchait ainsi depuis des décennies, comme si nous nous appartenions sans effort. Je déglutis.

— Onze heures.

Sa main s'est arrêtée sur la mienne. Je ne sais pas à quoi m'attendre, mais un sursaut brûlant tremble bas dans mon ventre lorsque je sens son genou se glisser entre les miens.

— Si tôt…

— J'ai un dîner diplomatique le soir même.

C'est la contrainte autour de laquelle j'ai dû organiser mon voyage. Mon Dieu. C'était il y a quelques jours à peine, mais cela me paraît si loin.

— Ah, tu reprends déjà la couronne ?

— Je ne l'ai pas vraiment abandonnée…

— Bien sûr que si. Ces derniers jours, tu as été Freja. Juste Freja.

Après la mort de mes parents, ma vie est devenue entièrement publique. Mon pays était obsédé par la façon dont je gérais mon deuil et mon nouveau rôle, et même si leur curiosité était en grande majorité motivée par de la compassion, elle restait difficile à supporter au jour le jour. À l'époque, j'ai vu une psychologue qui m'a encouragée à me concentrer sur une chose positive chaque jour. Elle m'a conseillé de garder cet instant de bonheur contre mon cœur et de m'y raccrocher pour apaiser le chagrin.

À l'idée de quitter l'Espagne et Santiago, une panique similaire monte en moi comme une houle furieuse. Pour la contrer, j'élève le bouclier de ma gratitude. Ces quelques jours ont été remplis d'instants de bonheur. J'en chérirai le souvenir pour toujours.

Je me demande si Santiago pensera un peu à moi, lui aussi. Ou passera-t-il simplement à une autre partenaire ? Je ne peux pas m'en empêcher. C'est mesquin, c'est puéril mais je m'entends demander :

— J'imagine que tu m'auras oubliée avant 20 heures ?

Il arque un sourcil moqueur, comme le jour de notre rencontre. Son sourire se fait sarcastique. Il est si contradictoire. Et nous sommes diamétralement opposés. J'ai l'impression d'être plus proche de lui que de personne d'autre au monde, et pourtant il reste une énigme totale à mes yeux.

— Tu crois que je t'oublierais si vite ? Tu sais bien que tu es la seule princesse de mon répertoire.

— Mais une femme parmi tant d'autres.

— Et ça te dérange ?

Je ne sais pas pourquoi j'ai abordé le sujet, pourquoi je me suis piégée moi-même de cette façon. Nous savons tous les deux qu'il n'y a rien de sérieux entre nous. Même une aussi brève aventure ferait scandale. Je ne l'ai envisagée qu'à la condition qu'elle reste temporaire et absolument secrète. Alors pourquoi vacillé-je au bord du gouffre ? Pourquoi ai-je envie de lui en demander plus, alors qu'il ne peut rien me promettre, et que je ne peux rien lui demander ?

— Je ne t'ai jamais menti sur mon passé, ajoute-t-il, doucement, en pressant son pouce contre mon menton pour lever mon regard vers le sien.

— Je sais.

— Le sexe est un plaisir extraordinaire. Je suis heureux d'avoir partagé cette expérience avec toi. Et je serai toujours honoré d'avoir été ton premier amant.

Mais pas le dernier. Mon cœur se serre douloureusement.

— Et bientôt je pourrai te voir partager ce même plaisir extraordinaire avec d'autres femmes dans les magazines, susurré-je, plus mordante que je ne l'aurais voulu.

— Et je verrai les photos de ton mariage, rétorque-t-il.

La réplique est parfaitement neutre ; pas une plainte, mais un rappel clair et coupant. Je hoche la tête.

— C'est vrai. Je me demande si les choses seront différentes avec Heydar, maintenant.

Il hausse un sourcil interrogateur, les lèvres pincées.

— Je n'ai jamais rien ressenti pour lui, mais c'est peut-être parce que je n'avais pas d'expérience avec les hommes. Maintenant que je comprends un peu mieux… J'espère que ce sera différent.

Mais cette hypothèse reste étrangement distante. Mon avenir est avec Heydar, mais je ne pense qu'à mon présent ; à Santiago, face à moi. *Avec* moi pour seulement quelques heures. Je voudrais cristalliser cet instant, repousser la réalité pour toujours, rester suspendue ici.

— Tu le sauras quand tu seras mariée. J'espère sincèrement que le jeu en vaudra la chandelle, Freja.

C'est stupide, je le sais. C'est une réaction d'enfant gâtée… Mais je ne peux pas retenir la flèche qui me brûle la langue :

— Oh non, j'en saurai plus dès demain soir. Heydar est sur la liste des invités au dîner.

Son visage reste impassible, mais son regard se durcit, fixé sur moi avec toute l'intensité d'une tempête.

— Je vois. C'est une occasion comme une autre de tester

si tu veux coucher avec l'homme que tu as accepté d'épouser, j'imagine.

— Je n'ai pas *accepté*…

— Tu as *l'intention* de l'épouser, non ?

— Oui, mais…

— Donc tu as accepté.

— J'ai accepté la décision de mes parents, insisté-je. Il y a une nuance.

— Le résultat est le même, rétorque-t-il d'un ton affûté par un cynisme glacial. Et si tu ne ressens rien pour lui ?

— Cela ne changera rien.

Ses yeux entrent en collision avec les miens, brûlants.

— Quoi ? m'écrié-je, les veines bouillonnantes. Qu'est-ce que cela peut bien te faire ?

Je suis sur la défensive, maintenant, alors que c'est moi qui ai lancé l'attaque. Il pare mon assaut :

— Ça ne me fait rien.

Mais son indifférence étudiée a disparu. Une émotion violente pulse dans sa voix. La désapprobation, et la colère, bouillantes comme du fer-blanc.

— Alors pourquoi réagis-tu de cette façon ?

Son visage se tord de mépris. Je frissonne.

— Qu'est-ce qui se passera si tu le vois et qu'il y a soudain de l'alchimie entre vous, *querida* ?

Je ne sais pas ce qu'il veut m'entendre dire. Je m'aperçois que l'idée me dégoûte. Ce n'est pas très encourageant pour la suite. Je détourne le visage, les dents serrées.

— Ce serait une bonne nouvelle, c'est tout.

Il jure, très bas, en espagnol. Je relève les yeux vers lui, surprise par cet éclat, si différent de sa retenue habituelle.

— Tu passerais de mon lit au sien sans transition ?

— Hé, attends une seconde : c'est toi qui faisais l'apologie du sexe avec différents partenaires il y a cinq minutes.

— Et c'est toi qui verras ton fiancé dans quelques heures.

— Ce n'est pas mon fiancé.

— Ne jouons pas sur les mots. Tu veux qu'Heydar t'excite, je me trompe ?

— Et alors ? Tu es jaloux ?

— Bien sûr que non, siffle-t-il, la nuque raide.

— Je ne voulais pas sous-entendre que…

— Si, c'est exactement ce que tu voulais sous-entendre.

Je soutiens son regard mais la honte me brûle les joues. Ses yeux me défient de mentir.

— J'aimerais simplement pouvoir ressentir pour lui ce que je ressens pour toi.

— Parce que lui, contrairement à moi, fera un époux convenable ? raille Santiago.

Sa voix est aussi fine qu'un éclat de glace. Mon cœur trébuche. Nous nous observons comme deux adversaires prêts à bondir.

— Oui, murmuré-je.

— Et tu peux me dire ce qu'il a de si *convenable* ?

— Je… Tout. Tout est convenable.

— Je croyais que tu ne le connaissais pas.

— J'en sais assez.

Il plisse les yeux.

— Il est prince. C'est ton seul critère ?

Sa véhémence me surprend. Mais à quoi m'attendais-je ? Ma pulsion était sournoise – c'est moi qui ai cherché à débusquer sa jalousie, à le pousser dans ses retranchements.

Quelque chose de sombre flotte entre nous ; de l'envie, peut-être. Une envie mutuelle, angoissée.

Je garde mon calme. Je suis princesse, après tout. Il est temps de me souvenir de mon éducation. C'est moi qui brise le silence la première :

— Changeons de sujet, d'accord ?

— Que voulais-tu entendre, Freja ?

Je préfère ne pas répondre. Je ferme les yeux.

— Bien sûr que je ne veux pas t'imaginer avec lui, reprend-il. Je ne serais pas humain si je n'étais pas un peu perturbé à l'idée que mon amante passe dans le lit d'un autre dès demain.

Mais ce n'est pas du tout ce que je veux entendre. Il n'est

pas jaloux, il est *possessif* – enflammé par son ego, pas par ses sentiments. La différence est vitale.

— Je n'aime pas les doubles standards, rétorqué-je.

Il caresse ma joue, mes lèvres.

— C'est toi qui invites d'autres gens entre nous, *princesa*. Tu parles de mes autres amantes, de l'homme que tu vas épouser. Tu te demandes si tu désireras ton fiancé, et vers quelle femme je me tournerai après ton départ. Je ne nie pas la réalité qui nous attend, mais ce n'est pas moi qui l'utilise pour te blesser.

Je grimace. Je déteste cette angoisse – je déteste le chaos qui me menace, alors que j'ai toujours été parfaitement structurée, parfaitement prudente.

— Mais je ne peux pas ignorer cette réalité, Santiago. Je vais épouser Heydar, c'est un fait. Pas demain soir, mais dans quelques mois. Et je ne te verrai plus jamais.

Je *sais* qu'il ne voudrait pas me revoir. Si j'avais une quelconque valeur à ses yeux, Santiago se battrait pour moi. Il est temps de voir les choses en face : Santiago s'est toujours battu pour ce qu'il désire réellement. Je ne suis rien pour lui ; juste une aventure comme une autre. C'est une vérité douloureuse, mais indéniable. Il faut que je l'accepte avant que je me ridiculise entièrement.

Un muscle bat rudement à l'angle de sa mâchoire.

D'un mouvement souple, il se penche sur moi et m'embrasse avec ferveur. Les mots ne suffisent plus ; il n'y a plus que le tourment de son corps contre le mien. Ses mains me touchent, me caressent, nourrissent impitoyablement le désir qui me consume.

Il me soulève et m'emporte vers la chambre. Je réponds à son baiser avec désespoir ; j'essaie de repousser, en vain, le chagrin de mon départ. Le plaisir me submerge bientôt, mais la réalité me brise le cœur.

11.

Il ne parle pas, mais le silence est doux. Et puis, j'ai déjà toutes les réponses dont j'ai besoin. Je le quitte très bientôt et mon départ sonnera le glas de notre relation. Dans la lumière du petit matin, Santiago lit le journal en buvant son café.

Je le regarde faire un moment, le cœur battant. Mes parents faisaient la même chose. L'intimité de partager un espace au petit déjeuner, côte à côte, pensifs, mais ensemble. C'est un moment de pure domesticité, ordinaire et chaleureux ; le vivre avec Santiago m'angoisse, car c'est un mensonge. Je me lève et rejoins la fenêtre. Ma valise est déjà faite. Ma casquette m'attend sur le buffet.

— Nous n'avons pas parlé du casino.

Après un coup d'œil à ma montre, je lève les yeux vers lui. Le soleil tombe sur Santiago comme de la nacre et l'illumine. Mon pouls trébuche. J'ai mal de lui. Je voudrais le rejoindre et le serrer contre moi. J'ai hâte de partir ; hâte d'arracher le pansement et d'oublier cette peine.

— Nous pouvons terminer les négociations par mail, mais je ne vois rien à redire concernant tes demandes.

Il va accepter mes termes… Je me mords la lèvre. Me fait-il une faveur à cause de notre liaison ?

— Merci, Santiago.

Il replie le journal et se lève.

— Je vais t'accompagner à l'aéroport.

Je m'y attendais. Mon excuse est toute prête :

— Oh ! pas la peine. Je veux un taxi, je n'ai jamais essayé.

— Je peux le prendre avec toi.

Son regard accroche le mien, brillant de défi. Je n'avais

pas anticipé son insistance ; je pensais qu'il serait soulagé de me voir partir seule.

— C'est trop risqué, Santiago. Trop de gens pourraient nous voir. Je ne veux pas m'exposer plus que de raison devant mes agents. Je préfère te dire au revoir ici, en privé.

Il soutient mon regard un long moment, puis hoche la tête et passe une main fébrile dans ses cheveux épais. Il pivote avant que je puisse lire son expression.

Je ne sais pas comment je suis censée dire au revoir à un amant, mais on m'a appris très tôt à anticiper les attentes de mes interlocuteurs. J'imagine qu'un homme comme Santiago veut de la légèreté ; des adieux amicaux et décontractés. Rien de ce que nous avons partagé n'était sérieux, après tout. Je lui offre un sourire tranquille.

— Merci pour tout, Santiago. Je me suis beaucoup amusée avec toi.

Il ne me rend pas mon sourire ; non. Sérieux, il s'avance et caresse ma joue de sa main tiède.

— Tant mieux. N'oublie pas tout ce que tu mérites, *princesa*.

— C'est-à-dire ?

— Mieux qu'un mariage arrangé.

Je déglutis, le regard emprisonné dans le sien. Sur ce point, nous ne nous accorderons jamais. Face à lui, si proche, avec sa paume contre mon visage, j'ai peur de perdre le contrôle. De me mettre à pleurer. À supplier. J'ai peur de trahir la tempête de mes émotions.

— Il faut que je parte.

— Je sais. Ne rate pas ton avion.

Il se penche sur moi et, plutôt que de m'embrasser passionnément, il dépose sur ma joue un chaste baiser. Il recule et lève le menton. Cette fois, son visage est neutre.

— Prends soin de toi, Freja.

Je le regarde marcher vers la porte ; mon âme me crie de le retenir. Mais je ne bouge pas. La porte se referme sans bruit, et je reste seule. Je suis sur le point de revenir à la vie réelle… À l'avenir qui m'y attend sagement.

Santiago a peut-être changé beaucoup de choses pour moi, mais pas cela : je ne ressens absolument rien pour mon futur mari. Il est beau, poli, cultivé, mais la seule chose qui me coupe le souffle, c'est ma propre angoisse. J'ai l'impression de me noyer. Je fais l'effort de lui parler, ce soir, de lui parler vraiment – de trouver une étincelle, une connexion.

Mais il n'y a rien.

— Nous devrions nous voir seul à seule, bientôt, pour discuter des machinations de nos parents, lance-t-il avec un haussement de sourcils amusé.

Comme si notre mariage était une plaisanterie. Je souris, sereine et affable ; intérieurement, j'ai la gorge nouée, et je suffoque.

— Les machinations ? Tu préférerais peut-être que nous ignorions leurs ordres ? proposé-je sur le même ton.

J'ai parlé avec humour, mais je prie de toutes mes forces pour qu'il saisisse cette chance au vol.

Évidemment, il n'en fait rien.

— Je ne crois pas que cela soit possible, dit-il en riant. Mes parents seraient dévastés.

Il m'examine avec attention.

— À moins que ce soit ce que tu désires, Freja ?

Mon prénom dans sa bouche sonne étrangement déplacé.

— Je… Mes parents…

— Je sais, murmure-t-il avec compassion. Mes parents m'ont expliqué combien les tiens tenaient aussi à notre union. Allons dîner ensemble avant Noël, Freja. Nous pourrons en parler entre nous. Nous mettre d'accord sur les détails. Ou peut-être devrions-nous partir ensemble pour un week-end ? Apprendre à nous connaître en privé ?

Je n'ose même pas répondre à voix haute. Je hoche la tête. J'ai conscience qu'il est agréable, qu'il est à l'écoute. Alors pourquoi ai-je l'impression qu'une cage se referme sur moi ?

Je suis soulagée de voir le dîner se terminer. Je retourne à mes appartements, me laisse tomber sur le lit, et ferme les yeux. Je ne veux pas penser à Heydar.

Je ne veux pas penser à Santiago.

Je ne fais *que* penser à Santiago.

Le lendemain, je ne suis pas surprise de voir que la presse s'est emparée d'une interaction innocente et en ont déjà fait un conte de fées. Je suis célibataire, j'ai vingt-quatre ans, et ma lignée a désespérément besoin d'une flopée d'héritiers. Nos fiançailles officieuses ne sont connues que d'un très petit cercle d'intimes, mais Heydar est un excellent parti, et une photo de nous deux en pleine conversation fait le tour des journaux européens à la vitesse d'un feu de forêt. Les gros titres sont romantiques (« Une fin heureuse pour la princesse orpheline ! ») ou suggestifs (« Liaison torride pour les têtes couronnées ! ») Et tous ridicules.

C'est vrai, sur la photo, nous avons l'air proches : sans m'en rendre compte, je me suis penchée vers lui pour l'écouter. Je ne sais même pas de quoi nous discutions à ce moment-là. L'angle de la photo suggère une complicité imaginaire, cela dit. Je jette les magazines dans un fauteuil et pousse un soupir. Au moins, ces rumeurs nous sont bénéfiques : quand notre mariage sera annoncé, le peuple pensera que nos fiançailles sont le fruit d'une véritable idylle.

Je pense à Santiago en train de lire le journal, pendant notre dernière matinée ensemble. Stupidement, j'ai envie de lui envoyer un message. Pourquoi donc ? M'excuser ? Je n'ai pas besoin de me sentir coupable. Il ne sera blessé que dans son ego.

Il faut que je passe à autre chose.

Mes efforts sont ruinés une semaine plus tard, lors d'un autre dîner diplomatique. Je m'agrippe trop fort au bras de mon Premier ministre en voyant un visage bien connu dans l'assemblée.

— Qu'est-ce qu'*il* fait ici ? M. del Almodovár ?

Henrik suit mon regard, perplexe, et hausse les sourcils.

— Je l'ai invité, bien sûr.

Je prie pour ne pas avoir l'air aussi bouleversée que je le suis réellement – choquée, folle de joie, folle d'angoisse. Je serre les dents et tente de brider mon expression, décidée à ne pas tourner le regard vers lui.

— Il est sur le point d'investir des milliards de dollars dans notre pays. C'est la moindre des choses. Avez-vous signé le contrat, Votre Altesse ?

J'ai reçu les documents par mail il y a six jours, chacune de mes conditions clairement explicitées dans le contrat. Et je n'ai toujours pas signé. Je ne sais pas pourquoi – j'ai pris ma décision il y a des semaines. Je sais que je vais lui vendre le terrain. Le casino sera construit.

À cet instant précis, Santiago lève les yeux et son regard me trouve et me transperce – une flèche de feu et de glace, et de désir tout à la fois. Il murmure quelque chose à ses interlocuteurs, puis s'avance vers nous de son pas souple. Je n'ai pas le temps de me préparer ; en quelques battements de cœur, il est face à moi, juste assez proche pour enfreindre le décorum habituel. Mon instinct crépite et s'embrase. J'aimerais l'enlacer, et sentir le creux de son cou, et l'embrasser lentement, longuement.

Évidemment, je ne fais rien de tout cela.

Je me redresse, les épaules raides. Ma tiare de diamants pèse soudain trop lourd sur mon front. Elle appartenait à ma mère. Quand j'ose songer aux règles que j'aimerais enfreindre, le bijou me rappelle les promesses que j'ai faites à mes parents et à mon pays.

Santiago serre d'abord la main de mon Premier ministre et prend de ses nouvelles comme s'ils étaient de vieux amis. Ensuite, enfin, il se tourne vers moi. Il me regarde, mais ne dévoile rien.

Cette semaine a été si longue – je ne me suis jamais sentie aussi seule, aussi isolée ; aussi consciente de l'étroitesse de ma cage dorée. Aussi consciente de mon impuissance en tout point. Je ne suis qu'un symbole cérémoniel, menottée par ma couronne. Santiago m'a ouvert les yeux sur tant de choses…

Le voir ici fait naître en moi un soulagement sincère. Malgré tout, j'ai l'impression de retrouver mon allié.

— Votre Altesse.

Il s'incline, très bas, avec une déférence à l'inverse total de notre première rencontre. Je lui souris.

— Monsieur del Almodovár.

Je suis heureuse d'entendre que ma voix ne tremble pas.

— Merci d'être venu ce soir.

— J'ai été invité.

— Bien sûr, bien sûr, interrompt Henrik, dont j'avais complètement oublié la présence. Je suis heureux de vous voir, monsieur del Almodovár. Son Altesse me disait justement qu'elle s'apprêtait à signer le contrat.

— Vraiment ? s'enquiert Santiago, les yeux fixés sur moi.

— J'ai vu que vous aviez incorporé les conditions dont nous avons discuté.

— Je vous avais donné ma parole, non ?

— Oui. Oui, bien sûr.

Mon estomac est noué. J'aimerais qu'Henrik nous laisse en paix. Je veux seulement être seule avec Santiago, à cet instant.

— Alors c'est convenu, lance Henrik avec une tape enthousiaste dans le dos de Santiago. Voulez-vous discuter de l'échéance de construction ?

Le regard de Santiago n'a pas quitté mon visage.

— Oui, bientôt, mais j'ai encore quelques détails à régler avec Son Altesse.

— Oh ? dis-je, le cœur battant.

— Mais pas maintenant, ne vous inquiétez pas. Ce n'est pas le moment. Je ne voudrais pas vous arracher à vos admirateurs.

Une pointe de cynisme aiguise sa voix… Et quelque chose d'autre, aussi – une émotion que j'ai du mal à déchiffrer.

— Est-ce que demain vous irait ?

— Je peux m'arranger !

Mon enthousiasme est limpide, mais Dieu merci, Henrik est trop impatient de voir cet accord se conclure pour s'en soucier.

Santiago hoche froidement la tête ; le silence s'étire, malaisé. Nos regards s'accrochent ; je l'observe, captivée.

Mais Henrik brise le moment, pressé de clore ce pour quoi il a travaillé d'arrache-pied :

— Elle sera libre, c'est promis. Venez donc, monsieur del Almodovár, allons admirer le site de votre futur casino.

À ma grande surprise, au lieu de rester avec moi, Santiago lui emboîte le pas et disparaît dans la foule.

Savoir qu'il est ici fait vibrer tous mes nerfs ; je ne parviens pas à me concentrer sur les conversations qui flottent autour de moi. Aucune parole ne m'atteint. Je ne bois que rarement lorsque j'assiste à ce genre d'événements, pour garder le contrôle total de moi-même, mais je fais une exception ce soir et demande une flûte de champagne. Elle n'apaise pas l'anticipation nerveuse qui me noue la gorge.

La soirée passe comme un rêve. Je joue mon rôle, machinalement. Je suis douloureusement consciente du regard de Santiago sur moi – de la brûlure qui pulse sous ma peau lorsque ses yeux touchent ma nuque, mon visage, mon dos. La tension monte, me tourmente ; quand je m'échappe enfin, c'est le cœur battant et les mains tremblantes. Je m'endors en rêvant du lendemain. Nous serons enfin seuls.

Je me suis préparée à son arrivée toute la matinée, et pourtant, ma respiration s'emballe dès qu'il entre dans la pièce de sa démarche assurée, le menton haut, l'œil brillant.

Sous le regard des gardes en livrée, je m'incline avec politesse.

— Monsieur del Almodovár.

Il plisse légèrement les yeux et l'air entre nous étincelle d'électricité. Il avance lentement. Le trouble que sa proximité m'inspire est plus puissant que jamais. Je me fais violence ; ici, à Marlsdoven, je suis princesse. Je suis intouchable. La parenthèse de Barcelone s'est refermée, et je ferais bien de m'en souvenir.

Mais quand il s'arrête face à moi, mon sang rugit à mes tempes et un frisson court sur ma nuque.

— Votre Altesse, répond-il de sa voix basse.

Je reste là, face à lui. Je le regarde un long moment. Le cliquètement d'une porte qui se ferme me ramène à la réalité.

Seuls.

— Santiago.

Son nom laisse sur ma langue une saveur plus amère que douce : la marque d'une intimité révolue… Perdue à jamais.

— Freja. Comment vas-tu ?

Mon cœur sombre. Il m'observe avec attention, l'air détendu, mais il émane de lui une tension que je ne comprends pas.

— Très bien, merci.

C'est un mensonge. Depuis que j'ai quitté l'Espagne, j'ai l'impression d'être un spectre ; transparente, immatérielle. Quelque chose a changé avec Santiago, et je ne sais pas comment revenir en arrière. Je ne suis pas sûre d'en être capable.

— Et toi ?

Il hausse une épaule indolente, puis montre les fauteuils.

— Tu voulais me parler du contrat ?

— Oh ! je… Oui. Bien sûr. Je t'en prie, assieds-toi.

— C'est pour ça que je suis venu, rappelle-t-il.

La remarque est aussi précise qu'un scalpel, glaciale dans sa distance étudiée. Il s'installe, contrôlé, alors que je brûle vive.

— Nous aurions pu en discuter par mail…

— Ah ? Alors pourquoi ne m'as-tu pas répondu ?

Oh. Je comprends enfin. Il n'est pas venu pour me revoir. Il est venu parce qu'il a perdu patience. Il est là pour le contrat.

— J'ai été occupée, c'est tout.

J'espère que je donne le change aussi bien que lui ; assise dans mon fauteuil, raide et calme, j'essaie de camoufler le gouffre qui s'élargit dans ma poitrine.

Les pages du contrat ont été étalées sur la table. Il s'y penche, les passe en revue alors qu'il doit les connaître par cœur.

— Merci d'avoir modifié les termes si généreusement, Santiago.

— C'est ce que tu demandais.

— Mais je ne pensais que tu me les accorderais.

— Je ne vois pas pourquoi j'aurais refusé.

Quand il relève les yeux, son regard me heurte de toute sa puissance étincelante. Je sens mes joues s'empourprer.

— Des négociations n'auraient fait que retarder la signature, explique-t-il. Et nous avons assez tergiversé, tu ne penses pas ? Je veux ouvrir le chantier aussi vite que possible. Tu es prête ?

Sa froideur me fait l'effet d'une gifle. J'inspire lentement.

— Bien sûr.

Je prends mon stylo, mais je ne regarde pas le contrat ; je le dévisage, lui. Il soutient mon regard, sans chaleur, sans complicité. Il est plus loin de moi aujourd'hui qu'il ne l'était au premier jour, quand nous n'étions que des étrangers l'un pour l'autre.

Il est en colère contre moi…

— Tu m'en veux. Pourquoi ?

Sa mâchoire se crispe, mais il secoue la tête.

— Je veux simplement que tu signes ces documents. *Bueno* ?

C'est une rebuffade, purement et simplement. Les larmes me montent aux yeux, mais la vexation est plus forte, et je lutte pour rester de marbre. Je paraphe chaque feuille d'une plume vive et rapide, les yeux fixés sur les mots qui se brouillent. Une larme s'échappe ; je l'essuie subrepticement, morte d'embarras. J'espère qu'il ne l'a pas vue.

Une fois le contrat signé, je me lève et lui tourne le dos. Je n'ai pas croisé son regard. Je déglutis la boule qui m'obstrue la gorge et fixe un tableau sur le mur.

— Merci, murmure-t-il derrière moi.

Sa voix s'est adoucie. Je crois y déceler un éclat de regret, mais il est immédiatement éclipsé par le bruit de ses pas.

Il s'éloigne. Il part. Il part déjà !

Je fais volte-face ; mon exaspération rugit dans mes veines, plus virulente que le chagrin.

— C'est tout ?

Il se fige à quelques pas de la porte mais ne me fait pas face.

— Tu t'es amusé pendant trois jours et maintenant je suis *persona non grata* ? m'exclamé-je. Que se passe-t-il, Santiago ? Comment oses-tu me traiter avec un tel irrespect ?

Mon reproche claque comme un coup de fouet. Il fait volte-face, les poings serrés et les yeux brûlants comme des braises.

— C'est toi qui parles de respect ? siffle-t-il. Dis-moi, comment t'ai-je manqué de respect, *princesa* ?

Je tressaille ; il traverse la pièce à grandes enjambées, le visage tiré, mais il exprime une colère sauvage, polaire, maîtrisée à grand-peine. Il ne me sourit pas, il évite mon regard. Et je ne sais pas quoi lui répondre. Il n'a rien dit d'insultant : c'est son dédain sous-jacent que je condamne.

— Peu importe, Santiago. Va-t'en.

— Tu veux que je parte ?

Je le fixe, tremblante de frustration contenue. Évidemment que je ne veux pas qu'il parte. Je ne veux *rien*, juste *lui*, et je sais très bien que c'est impossible. Je suis enfermée dans cette mascarade royale, cette vie de décorum et d'obligations.

— Freja.

Il pose le contrat sur la table. Il traverse l'espace qui nous sépare. Il me laisse le temps de comprendre son intention ; de l'arrêter d'une main ou d'un mot.

Mais je n'arrête rien. Je le regarde avancer. Patiente, figée, affamée – si affamée.

12.

Quand il m'attire dans ses bras, mes mains trouvent immédiatement son cou, les cheveux qui bouclent sur sa nuque ; nos lèvres se heurtent, s'embrasent. Sa bouche est dure contre la mienne, sa langue un vertige familier, son corps une fièvre que je suis si, si heureuse de retrouver. Je sombre éperdument dans son étreinte ; et je le sens perdre le contrôle à son tour, capituler sous le joug du manque. Je réponds à son baiser de toutes mes forces, de toute mon âme. Il avance et m'encage contre le mur près de la fenêtre pour me soulever dans ses bras.

Je me fiche que nous soyons dans ce salon ancestral, à deux pas de la salle du trône, je me fiche de l'avenir, je me fiche de tout, sauf de retrouver la seule personne avec qui j'existe pour moi-même. Santiago est le complice de mes secrets, mon refuge et mon allié. Mes jambes se referment sur sa taille. Quand son érection se presse entre mes cuisses, l'électrochoc m'arrache un gémissement. Je me sens répondre à l'ondoiement de son bassin ; je m'entends gémir une supplique à son oreille.

Sa réponse est gutturale ; sa voix vibre sur ma langue avant qu'il ne me laisse retomber sur le sol. Nos mains sont frénétiques ; il abaisse ma culotte, relève ma jupe ; je détache son bouton, sa braguette, baisse son pantalon, et mes doigts se referment sur ses fesses fermes. Je n'entends plus que mon cœur battre à mes tempes et enflammer mes veines. Il m'embrasse, chaotique, cherche un préservatif dans son portefeuille, et revient aussitôt. Nous sommes enlacés, agrippés, parfaitement fusionnés lorsqu'il me pénètre enfin d'un coup de reins impitoyable. Sa bouche brûlante étouffe mes gémissements tandis qu'il nous emporte tous les deux vers notre perdition.

Mes ongles s'enfoncent dans sa peau ; mes dents cherchent le creux de son cou ; nos deux corps réagissent à l'unisson, sur une cadence double, agités par les mêmes frissons d'un plaisir insensé. Quand il s'abandonne, c'est avec un grognement étouffé, le souffle court et chaud sur ma gorge.

Son extase pulse en moi. J'accueille le poids de son corps dans mes bras, chaud, rassurant, et caresse sa nuque. Nos halètements jumeaux résonnent dans le silence de la pièce.

Je ne sais pas combien de temps nous restons enlacés. Les secondes sont des minutes et des siècles. Finalement, il se retire et recule, puis se détourne pour refermer son pantalon. À retardement, l'esprit embrumé, j'abaisse ma jupe.

Mon cœur se serre.

Peut-être est-ce la passion qui nous a poussés l'un vers l'autre, mais c'est très différent de ce que nous avons partagé en Espagne. Je ne me suis jamais sentie aussi loin de lui qu'à cet instant. Et je veux comprendre pourquoi.

Je le rejoins et pose une main sur sa poitrine. Sous ma paume, son cœur bat, fort et régulier.

— Santiago. Je t'ai blessé ? C'était sans le vouloir…

— Non.

— Je ne comprends pas. Je ne comprends pas pourquoi tu me parles avec tant de froideur.

— Très bien. J'ai une question. Tu l'as embrassé ?

Je fronce les sourcils – de quoi parle-t-il ?

— Tu as déjà passé la nuit avec lui ? Tu as eu ce que tu voulais, alors ? Il t'attire plus qu'auparavant ?

Il parle calmement, sans colère et sans accusation, mais l'émotion fait briller ses yeux sombres.

— Tu ne sais pas combien ces questions me tourmentent, Freja. Les photos de toi et de ton fiancé étaient partout dans la presse. Je ne pense qu'à cela. À toi, dans ses bras. Je voulais revenir. Je voulais te voir. Je voulais en avoir le cœur net. M'interposer avant que…

Il s'interrompt. Je l'observe, sonnée, muette.

— Je n'ai pas voulu te manquer de respect, reprend-il. Je

combattais simplement mes instincts les plus détestables. Je ne veux pas te traiter comme une possession. Tu peux faire tes propres choix, et je le respecte.

J'attrape sa main, impulsivement, sincèrement ; il y a de l'urgence dans mon geste, dans ma voix :

— Il ne s'est rien passé avec Heydar. Et si j'ai fait l'amour avec toi, maintenant, c'est parce que je ne désire que toi.

— Je sais que je n'ai pas le droit de te demander des comptes, Freja. Tu n'as pas besoin de…

— Je ne l'ai même pas embrassé.

Ses yeux accrochent les miens.

— Mais la photo…

— Un coup de chance pour le photographe. Je ne sais même pas de quoi nous parlions. De banalités, c'est tout.

Il hoche la tête, mais il n'y a aucun soulagement sur son visage.

— Mais tu comptes toujours l'épouser, n'est-ce pas ?

Mon cœur se brise. Mon Dieu… J'aimerais tant que les choses soient différentes. Que ma vie soit différente. Je me sens faible, et vulnérable, et pleine de ressentiment.

— Oui.

— Quand ?

— Trois mois après mon couronnement.

Il me fixe, raide et intraitable. S'il se battait contre ses désirs, quelques minutes plus tôt, il semble avoir maintenant pris sa décision. Sa proposition est sans appel :

— Sois mienne jusque-là.

— Je… Comment ?

— Je veux être avec toi. Jusqu'à ce que tu l'épouses.

Je ne comprends pas – non, je comprends, je comprends, mais je suis à la fois euphorique et dévastée. C'est insensé.

— Je ne… Je ne sais pas comment…

Je secoue la tête, frustrée, frémissante.

— Je ne suis jamais seule, ici. Nous ne pourrons pas garder le secret comme en Espagne. Si la presse en avait vent, surtout après l'annonce de mes fiançailles…

— Personne n'en saura rien, rétorque-t-il, le dos raide.

— Tu ne peux pas en être certain.

Il sort une clé de sa poche et me la tend.

— J'ai un appartement en ville. Tu peux y aller quand tu veux. Le parking est privatisé. Personne ne te verra y entrer.

— Et après ? Dès que je me marie, nous arrêtons de nous voir, sans transition ?

— Oui. Je n'ai pas l'intention d'avoir une liaison avec une femme mariée.

Je croise les bras, ébranlée. D'une certaine façon, j'admire sa détermination clinique. Je suis incapable de faire de même, quand il s'agit de lui.

— C'est tentant…

Il me fixe, suspendu ; je me détourne, la gorge nouée.

— Mais c'est non, conclus-je.

En entendant ma propre voix prononcer notre sentence, je comprends pourquoi sa proposition m'a fait l'effet d'un coup de poignard. Ce qu'il m'offre… Ce n'est pas ce que je veux.

— Pourquoi ? Tu as peur qu'on nous voie ensemble ? Je te le promets, je ferai…

— Non. Oui. Entre autres, oui. Un parking sécurisé ne suffirait pas à préserver notre anonymat sur le long terme. Je ne suis pas libre, Santiago, et je ne le serai jamais.

— Donc tu préfères te supplicier.

— Non. Je fais passer mon peuple et mes responsabilités avant mes désirs personnels. C'est ce pour quoi je suis née, et je n'ai pas l'intention de changer sur ce point.

— Fais passer ton peuple en premier si tu en as envie, mais nous sommes au XXIe siècle. Tu as le droit d'avoir un amant. L'un n'empêche pas l'autre.

— Et comment peux-tu être aussi certain que j'en ai *envie* ? rétorqué-je. Qu'est-ce que tu me proposes, exactement ? De coucher avec toi jusqu'à ce que tu te lasses de moi et passes à autre chose ? De m'exposer au jugement de tous ? J'ai hâte d'être connue comme la princesse que le grand Santiago del Almodovár a envoyée sur les roses !

Il plisse les yeux, le visage tendu, mais je n'ai pas l'intention de baisser les armes pour si peu.

— Et nous savons tous les deux que tu te lasseras bientôt de moi, continué-je. C'est ce que tu veux, non ? Le sexe, tant que tu en as envie, et sans aucune valeur. Des étreintes secrètes et honteuses, et sans avenir.

— Si tu as honte, tu es la seule, siffle-t-il. Et toi, tu veux un avenir avec moi, peut-être ?

Je me fige, les mains moites, et serre les poings. Je secoue la tête, même si mon cœur crie que oui, bien sûr, *bien sûr* – c'est *exactement* ce que je veux.

— Alors quel est le problème ?

Je le regarde, mais je ne peux pas lui répondre. La douleur qui me déchire la poitrine se fait intolérable.

— Tu m'as souvent dit que tu ne pouvais pas être vue avec moi. Je comprends ; je trouve que c'est ridicule, mais je suis assez sûr de moi pour ne pas m'en soucier outre mesure. Seulement, si tu ne peux pas être vue avec moi, tu peux encore moins m'épouser, Freja. Ne fais pas comme si tu attendais une demande en mariage.

— Non. Tu as raison.

Ma réponse est un murmure et un mensonge. C'est ridicule et c'est impossible, je le sais. Nous nous connaissons depuis si peu de temps. Et pourtant… Je le *connais*. Je le connais de tout mon être, et je l'aime, et je veux passer ma vie avec lui.

— Mais si je n'épousais pas Heydar, si j'étais libre… Tu ne me demanderais pas en mariage non plus.

Il passe une main dans ses cheveux mais ne détourne pas les yeux ; l'intensité de ses prunelles me consume.

— Je n'ai jamais voulu épouser qui que ce soit. Et tu es tenue d'avoir des enfants.

Je m'éclaircis la gorge, peut-être pour retenir mes larmes. La distance qui nous sépare à cet instant est incommensurable.

— Tu as raison. Et c'est pour cela que je ne vois pas l'intérêt de continuer, Santiago. Cela ne ferait que rendre cette situation plus douloureuse qu'elle ne l'est.

— Douloureuse, pourquoi ?

Oh… L'idée que notre rupture puisse me faire du mal ne l'effleure même pas. Il ne comprend pas. Je le savais, mais chaque preuve est un nouveau coup au cœur.

— Tu as beaucoup d'expérience. Je le sais. Nous abordons le sexe différemment. Je ne suis… Je ne peux pas être aussi détachée que toi. Même si je sais que notre relation est temporaire, tu comptes beaucoup pour moi.

Il hoche la tête, lentement, comme si le problème était complexe, comme s'il en étudiait les composantes.

— Et tu as peur de tomber amoureuse de moi ?

Je me mords la lèvre pour ne pas laisser échapper le rire amer qui me brûle la langue ; je hoche la tête.

— Ça n'arrivera pas. Tu es trop intelligente pour cela.

— Crois-moi, il y a quand même un risque, raillé-je, tristement amusée. Je ne peux pas me concentrer sur mon mariage avec Heydar si je passe mon temps à penser à toi. Tu me manques, et j'ai besoin d'une vraie rupture, claire et nette. Laissons notre liaison là où elle a commencé, en Espagne. C'était une parenthèse, de toute façon.

— Mais si nous sommes tous les deux honnêtes sur ce que nous voulons, je ne vois pas pourquoi…

Son insistance aveugle brise toutes mes résolutions ; je le coupe brusquement, avec un geste de la main frustré. Ma voix tremble d'appréhension, d'agacement, de désespoir.

— Et justement ! Je ne suis pas honnête avec toi. Je suis *déjà* amoureuse de toi, et si je continue à te voir, à te toucher, je suis terrifiée de ne plus pouvoir te quitter. De t'aimer si follement que je serais tentée de tourner le dos à tout ce que j'ai appris, à tout ce que j'ai promis. Je ne peux pas faire une chose pareille. Arrête de chercher des excuses ! C'est *non.*

La surprise transforme son visage, mais pas comme je le souhaiterais. Aucun soulagement ni de bonheur inattendu ; si une petite part de moi espérait qu'il se découvre soudain aussi amoureux que je le suis, elle est fixée, maintenant. Une seconde de silence passe, poignante de tension ; deux.

— Freja…, murmure-t-il finalement.

Et c'est tout. Je souris, tristement, et secoue la tête.

— Je suis désolée. Je ne peux pas renoncer à mes principes parce que ta vanité souffre de me voir avec un autre homme.

— Je sais qu'il y a *quelque chose* entre nous, Freja. De l'alchimie. C'est passionné, urgent et brûlant, et c'est pour cela que je ne veux pas te laisser partir.

Mon cœur s'accélère. Je retiens mon souffle.

— Mais ce n'est pas de l'amour, continue-t-il. C'est seulement de l'attirance, aussi extraordinaire qu'elle soit. Si tu avais plus d'expérience, tu le saurais. Tu n'aurais pas peur.

Le couperet est d'autant plus cruel qu'il arrive sur les talons de l'espoir ; je tressaille sous le choc. Cette fois, mes mots sont froids et clairs :

— Et peut-être que si tu avais un peu moins d'expérience, tu serais capable de regarder la réalité en face au lieu de te cacher derrière ton cynisme. C'est plus que de l'attirance.

— Si tu aimes tant être avec moi, pourquoi ne pas nous laisser encore quelques semaines ?

Je fais volte-face, agitée. Je marche pour apaiser ma frustration, en vain.

— Je ne veux pas atteindre le point de non-retour, Santiago. À l'idée de ne plus jamais te revoir, j'ai envie de hurler. Préparer mon mariage avec Heydar est une véritable torture. Imaginer ses mains sur moi me donne envie de vomir. Tu comprends ?

— Et tu crois que cela ne me fait rien ? Une simple photo m'a donné des envies de meurtre !

Mes pas m'ont ramenée près de lui ; au passage, il saisit ma main et m'arrête face à lui. Ses yeux fouillent mon visage ; sa main trouve ma joue et la caresse.

— Et tu ne crois pas que cela signifie quelque chose ? dis-je d'une voix qui s'effile comme une couture malmenée.

— Si. Que je n'aime pas partager. Que je suis possessif, même si tu ne me dois rien. Ce n'est pas de l'amour, Freja.

Son visage s'incline, et il presse son front contre le mien. Je dois lutter contre les larmes. Je ferme les yeux.

— Alors il est grand temps de nous séparer.

— Un jour, mais pas tout de suite.

Je recule, presse une main sur sa poitrine, et secoue la tête.

— Non, Santiago. Cela ne me suffit pas.

— Qu'est-ce que tu veux, alors ? s'exclame-t-il.

— Je te veux, toi ! Je veux que tu m'aimes aussi. Je veux que tu me veuilles dans ton lit, pas pour quelques mois, mais pour toujours. Je veux que tu me supplies de ne pas épouser Heydar. Je veux que tu me veuilles comme je te veux.

Il me regarde comme si je l'avais frappé ; sous la peau hâlée, ses pommettes ont rougi. Il détourne le visage, les dents serrées.

— Impossible.

— Pourquoi pas ?

Il laisse échapper un rire coupant.

— C'est toi qui répètes que je te fais honte ! Que ton peuple te lyncherait s'il avait vent de notre liaison. À moins que tu aies changé d'avis ?

Il a raison. Bien sûr qu'il a raison. Mais maintenant que j'ai verbalisé la possibilité d'un avenir différent, d'un avenir avec lui, je ne peux plus l'ignorer.

— Je ne dis pas que ce serait facile – mais si tu m'aimais, peut-être que nous pourrions trouver un moyen…

Son regard brûle lorsqu'il croise le mien.

— Si tu m'aimais, tout serait possible, murmuré-je.

Mais mon idéalisme ne peut rien contre son cynisme. Il recule d'un pas ; la distance se creuse. Les murs que je connais si bien s'érigent entre nous.

— Je t'ai proposé une relation sans attaches, rien de plus. Une extension de ce que nous avons vécu en Espagne. Je n'ai aucune intention d'altérer le cours de ta vie à long terme. Il n'y aura pas de *demande*, Freja. Tu as décidé d'épouser Heydar. C'est important pour toi. Je le respecte.

— Et cela ne te fait rien.

Il est tendu comme le fil d'un arc, mais hausse les épaules avec une décontraction superbement contrôlée.

— Je désapprouve le concept du mariage arrangé.

— Et c'est tout ? insisté-je.

— Qu'est-ce que tu veux que je te dise, Freja ? Que je ne t'aime pas ? Que je n'aime personne ? Que t'entendre me dire que tu m'aimes est la dernière chose dont j'avais envie ?

J'accuse le coup, les poings serrés. Quelque chose en moi se déchire et se brise, mais je ne fléchis pas :

— Tu m'accuses toujours de vivre ma vie pour les autres, sans prendre de risque. Mais au moins, mes sacrifices ont un sens, un objectif. Tu empêches quiconque de t'approcher simplement parce que tu as peur d'être vulnérable.

— Je n'ai pas *peur.*

— Menteur. Tu peux me dire que tu ne m'aimes pas, mais je suis certaine que tu ne sais même pas ce que tu ressens. Tu t'accroches à des défenses que tu as construites il y a quinze ans sans t'apercevoir qu'elles rongent ta vie à petit feu.

— Ma vie est parfaite, siffle-t-il.

— Alors pourquoi es-tu si seul ?

— Je ne suis pas seul.

Il est rigide, maintenant, et froid comme la glace.

Il attrape le contrat.

— Vous avez raison, Votre Altesse. Oubliez ma proposition. Vous exigez plus que je ne peux vous donner.

Il quitte la pièce sans même un dernier regard.

— Le temps est magnifique, Votre Altesse.

Je retombe brutalement sur terre.

— Pardon ?

Claudia sourit et montre le ciel bleu derrière la baie vitrée.

— Il fait très beau. Nous pourrions prendre la voiture, nous promener dans la campagne, faire un pique-nique ?

— J'apprécie tes efforts, Claudia, réponds-je en souriant, mais ce n'est pas nécessaire. Je vais bien.

Nous n'avons pas discuté de Santiago. Il y a trois semaines, Claudia m'attendait dans mes appartements quand j'y suis retournée avec les joues baignées de larmes, et elle m'a serrée contre elle jusqu'à ce que mes sanglots s'apaisent. Elle a sans doute compris par elle-même. Depuis, elle a été une véritable bénédiction : à mes côtés, discrètement, elle a organisé mon planning en conséquence, minimisé les événements officiels. Elle m'a alloué un peu de répit jusqu'à ce que la vie normale puisse reprendre son cours.

La vie normale… Je ne me sens pas *normale*. Je me sens brisée, profondément, et je doute que quiconque soit dupe.

— Votre Altesse… Dites-moi ce que je peux faire pour vous aider. Il doit bien y avoir quelque chose.

Claudia s'est appuyée contre mon bureau et m'examine avec attention. Je ferme les yeux.

Comment peut-elle m'aider ? Et comment puis-je m'aider moi-même ? Une détermination froide se répand dans ma poitrine. J'ai rejeté Santiago par devoir. J'ai perdu l'homme que j'aimais pour le bien de mon peuple, pour la fierté de mes parents. Il est temps de cristalliser cette décision avant que je puisse changer d'avis.

— Pourrais-tu contacter Heydar ? J'aimerais le voir pour déjeuner.

13.

— Merci d'être venu, dis-je en m'asseyant, l'estomac noué de nervosité.

— Avec plaisir, sourit Heydar. Ce serait impoli de refuser un rendez-vous avec ma future épouse.

Je force un sourire. À ma requête, nous sommes seuls, installés sur le balcon – aucun domestique n'entendra notre conversation, et aucun photographe ne capturera cet instant.

— C'est justement ce dont je voulais te parler.

— Notre mariage ? Oui, j'imagine qu'il est temps. Ton couronnement est prévu pour dans trois mois, n'est-ce pas ?

J'attrape mon verre de vin et joue avec son pied de cristal pour occuper mes mains, la gorge nouée.

— Oui.

— Et le mariage trois mois plus tard.

— Je ne savais rien de nos fiançailles avant leur mort.

Je ne le regarde pas ; mes yeux sont fixés sur la vue, la courbe argentée de la rivière, les lignes anciennes et élégantes de la ville. Heydar soupire et hoche la tête.

— Mes parents me l'ont annoncé quand j'étais adolescent. J'avais une petite copine. Ils voulaient me préparer pour les décisions à venir.

— J'aurais préféré l'apprendre de leur bouche et avoir une chance d'en parler avec eux.

— Je comprends.

Il est si poli, si patient. Plus que tout, j'aimerais ressentir quelque chose pour lui ; une étincelle d'attraction, un éclat de tendresse. Mais il n'y a rien d'autre qu'une affable distance.

— Après leur mort, je suis devenue obsédée par les leçons

et les conseils qu'ils m'ont laissés. Je voulais être leur parfaite héritière. J'imaginais leur fierté, je craignais leur déception. Mon deuil était toujours un peu apaisé lorsque je remplissais les promesses que je leur avais faites.

Je lève les yeux vers lui et soutiens son regard.

— Je n'ai jamais mis en doute l'obligation de t'épouser. Je sais combien ils auraient été heureux de notre union. Il y a une petite part d'eux dans cet accord, et elle m'est précieuse.

— Je comprends, dit-il doucement.

Et je crois qu'il est sincère.

— Je veux toujours qu'ils soient fiers de moi, mais j'ai réalisé ces derniers temps que je ne peux pas ignorer mes propres instincts pour autant. T'épouser parce que mes parents le désiraient n'a pas de sens. Plus de sens.

Les yeux sombres de Santiago flottent dans mon esprit. Leur intensité me donne du courage, même si l'avenir que je suis en train de construire doit se faire sans lui.

— J'ai toujours voulu vivre ma vie selon les aspirations de mes parents, mais je comprends maintenant que je peux endosser mes responsabilités sans suivre chacun de leurs désirs. Ils voulaient que je vive avec honneur et générosité, que j'aime mon pays et mon royaume, que je travaille sans relâche pour sa prospérité, sa sécurité, et le bonheur de son peuple. Leur plan proposait de nombreuses étapes, mais il avait été développé seulement dans l'optique que j'en respecte les valeurs profondes. Et ces valeurs ne peuvent pas être protégées si je ne trouve pas mon propre équilibre.

Je lâche mon verre et croise les mains sur mes genoux.

— Je ne suis pas seulement une princesse. Je suis aussi une personne. Mon pays mérite le meilleur de moi-même, mais pas mon existence entière. Je ne veux pas épouser un homme que je n'aime pas, Heydar, même pour mes parents. Je suis navrée.

Il m'étudie un moment sans réagir. Je retiens mon souffle. J'ai peur qu'il se mette en colère, qu'il tente de me convaincre. Mais non : il finit par me sourire, avec beaucoup de compassion.

— Peut-être que tu tomberais amoureuse de moi avec le temps ? répond-il sur le ton de la plaisanterie.

Je lui souris à mon tour.

— Non. J'aimerais que ce soit le cas, mais… c'est impossible. Je suis navrée, Heydar.

— Ne t'excuse pas.

Il se lève et s'appuie sur la balustrade pour admirer la vue que j'aime tant. Quand il reprend la parole, c'est d'une voix pensive :

— Je suis surpris, c'est vrai. J'étais prêt à accepter l'accord de nos parents. Mais je respecte ta décision. Et… J'adorais tes parents, tu sais.

Il se tourne vers moi. Mon cœur se serre, mais la mélancolie est douce et tiède.

— Ton père venait souvent nous rendre visite au palais. Je me souviens de lui – il était si amusant et si généreux.

— C'est vrai, dis-je en souriant.

— Je pense que tu as raison. Il aurait voulu que tu suives ton cœur, Freja. Et il est évident que ton cœur ne te guide pas vers moi. Puis-je faire une suggestion ?

— Bien sûr, je t'écoute.

— Peut-être pourrions-nous devenir amis ? Je pense que c'est cela qui aurait rendu nos parents heureux, plus que tout.

Je ris, le cœur débordant de soulagement.

— Oui, absolument. Je chérirais ton amitié, Heydar.

— Avez-vous trouvé le temps d'examiner les plans, Votre Altesse ?

Je lève la tête vers Henrik, perplexe, et secoue la tête.

— Je suis navrée – les plans de quoi ?

— Du chantier del Almodovár ?

— Oh…

À mon grand désarroi, je me sens rougir. Je n'ai pas vu Santiago depuis trois mois, mais je ne peux pas entendre son nom sans sueurs froides. Contre toute logique et malgré tous mes efforts, il me manque toujours terriblement. Je rêve de lui sans cesse, quand je parviens enfin à m'endormir. Et chaque matin, sans lui, je me réveille un peu plus seule que le jour précédent.

J'ai évité son nom comme la peste. Je ne lis pas la presse à scandale et j'essaie d'esquiver les nouvelles de son casino avec lesquelles on me mitraille sans cesse.

— Je pense que vous aimerez la direction que prend la construction, continue mon Premier ministre.

— J'y jetterai bientôt un coup d'œil, affirmé-je alors que je n'en ai pas l'intention. Je n'ai pas eu le temps, malheureusement.

— Bien sûr, les préparatifs du couronnement sont très chronophages.

Je force un sourire et hoche la tête.

— Mais vous viendrez à l'ouverture du chantier, n'est-ce pas ? La presse sera présente. Je pense qu'il est important de montrer publiquement que vous soutenez le projet.

Je ferme les yeux, mais j'acquiesce. Henrik a raison ; mon absence serait immédiatement interprétée de façon négative.

— Oui, je serai à la cérémonie d'ouverture, Henrik.

Dès que la voiture arrive sur les lieux, mes yeux le trouvent. Évidemment – même dans une foule, il m'est impossible d'ignorer Santiago. Il est encore loin – je crois qu'il porte un jean, et ses épaules larges sont soulignées par une élégante veste noire. Mes ongles s'enfoncent dans mes paumes lorsque je crispe les mains, mais je détourne le regard.

Je ne peux pas me focaliser sur lui. Je ne peux pas me jeter dans ses bras et le serrer contre mon cœur.

Je ne crois pas qu'il le voudrait, de toute façon. Depuis notre dernière rencontre, nous ne nous sommes pas contactés une seule fois. J'ai obtenu la coupure nette et glaciale que j'ai demandée ce matin-là, finalement. J'imagine qu'il s'est vite remis. Je ne veux pas de confirmation.

Un agent ouvre ma portière et le silence tombe sur la foule.

Derrière la guirlande rouge, à quelques dizaines de mètres, m'attendent les responsables du projet. Je dois aller leur serrer la main avant de rejoindre les représentants de l'État, sur l'estrade. Je sors de la voiture sous les applaudissements. Je sens le regard de Santiago sur moi, et j'évite précautionneusement de regarder dans sa direction.

Sur le chemin, j'accepte un bouquet de fleurs, une peluche. Je m'arrête pour parler à une vieille dame qui se rappelle avoir rencontré ma mère, et j'embrasse une petite fille en robe de princesse. Elle me tend une invitation à sa fête d'anniversaire – je la glisse ensuite à Claudia en lui murmurant de lui faire envoyer des cupcakes à la date indiquée. Et la traversée continue, pendant vingt minutes, jusqu'à ce que je parvienne à ma destination.

— Votre Altesse, déclare mon Premier ministre avec un sourire radieux. Quel plaisir de vous voir.

Je me concentre sur son visage, mais ce n'est pas suffisant. Dans ma vision périphérique, je devine Santiago. Je suis consciente de sa proximité. Je vais bientôt devoir lui faire face. Je ne sais pas si je parviendrai à me contrôler, et mon cœur s'emballe.

Claudia, près de moi, serre brièvement ma main et me donne du courage.

Quand je me tourne vers Santiago, j'ai l'impression d'être frappée par la foudre. Il est pareil à mes rêves ; il est différent, aussi. Ses cheveux sont plus courts, et je vois que son jean est en fait un pantalon élégant : il porte un costume. Pas de cravate, mais tout de même infiniment plus formel que ce à quoi il m'a habituée. Ses yeux sombres me poignardent en plein cœur ; mon sang bat à mes tempes, paniqué, assourdissant.

— Votre Altesse, dit-il en s'inclinant devant moi. Merci d'être venue.

Un accueil digne et respectable. Je me force à sourire.

— Bien sûr.

— La pelle est juste ici, indique Henrik.

— Ah, c'est donc vous qui vous occupez de creuser le parking ? lance Santiago avec un humour tranquille.

Je ne ris pas.

— J'ai bien peur que ce ne soit qu'une pelle cérémonielle, monsieur del Almodovár. Pas de main-d'œuvre gratuite.

— Dommage. Les parkings coûtent toujours si cher.

Je lève les yeux vers lui. J'ai l'impression que le monde glisse sous mes pieds. Peut-être que je vacille, car sa main trouve mon coude pour me stabiliser, et me relâche aussitôt. Le geste est si furtif, si léger que j'aurais aussi bien pu l'imaginer. Peut-être ne supporte-t-il plus de me toucher…

Je croise son regard, je reste un instant suspendue. Mon cœur bat trop fort, mais nous sommes entourés de tous les côtés ; la foule nous observe ; les photographes nous examinent. Il faut que je me reprenne.

— Votre Altesse ? Suivez-moi, dit Claudia.

Elle s'insère entre lui et moi et me guide vers la petite plate-forme érigée pour l'occasion. J'ai déjà fait ce genre de choses des dizaines de fois, et pourtant, aujourd'hui, mes mains tremblent lorsqu'on me tend la pelle.

Henrik fait un discours succinct sur l'importance de l'innovation et sur le travail extraordinaire que Del Almodovár Industries a accompli à travers le monde. Sa conclusion fait l'éloge du projet et de la richesse qu'un établissement comme celui-ci saura apporter à nos générations futures.

Sous un tonnerre d'applaudissements, je remplis mon rôle : je souris largement, je soulève la pelle, je tamise délicatement la terre pour que la presse ait le temps de prendre des photos historiques.

Je pense à mon père, à cet instant. À sa déception.

— *Princesa*, attends.

Il parle bas, et quelque chose dans sa voix me fait ralentir le pas. Je suis près de la voiture – encore quelques mètres et je pourrais m'échapper.

— Freja.

Il prononce mon nom dans un murmure que seules Claudia et moi pouvons entendre. Je me tourne vers lui, mais je ne souris pas. Si proche de lui, je ne peux empêcher mes mains de trembler.

— Monsieur del Almodovár… Que puis-je faire pour vous ?

Ma réponse distante le frustre ; son regard sombre entre en collision avec le mien, plein de détermination.

— J'aimerais que tu m'accordes un moment.

Un éclair de panique me traverse. Oh ! bien sûr, j'aimerais lui accorder un moment, mille moments. Je secoue la tête.

— Ce n'est pas possible, je suis navrée.

— Quand es-tu disponible ?

— Malheureusement, l'emploi du temps de Son Altesse est très chargé, s'interpose Claudia.

— Je suis sûr que son Altesse peut répondre toute seule, rétorque Santiago, glacial.

Je le foudroie du regard et pose une main rassurante sur le bras de Claudia.

— C'est bon, ne t'inquiète pas. Je te rejoins tout de suite dans la voiture.

Elle nous quitte, et je reprends à voix basse :

— Nous sommes entourés de témoins et de journalistes.

— As-tu regardé les plans ?

Bien sûr, ce sont des plans qu'il veut discuter ! Ses maudits plans ! Je secoue la tête, les dents serrées.

— Je vous ai vendu le terrain, monsieur del Almodovár. La construction d'un casino et ses détails ne m'intéressent pas.

Il jure en espagnol, très bas, rauque.

— Arrête de m'appeler comme ça et de me parler comme si je n'avais aucune valeur à tes yeux, ou je vais être obligé de t'embrasser ici et maintenant pour prouver que tu mens.

— Tu n'oserais pas ! réponds-je sur un ton sifflant, les épaules raides.

— Tu veux parier ?

Un silence vibrant de tension tombe entre nous ; je soutiens son regard, les lèvres pincées. Il finit par secouer la tête.

— Je me fiche de ce que tu as prévu cet après-midi. Annule et viens chez moi. Tu as toujours la clé ?

— Non. Je l'ai jetée.

Il grimace sous l'insulte. Je ne peux pas m'empêcher d'être un peu satisfaite que mon coup ait porté.

— Appelle-moi quand tu arrives, alors. Je ne plaisante pas, Freja. C'est important.

14.

Mon cœur bat à tout rompre. Seule avec Santiago dans son appartement, je me fais violence pour garder le contrôle de ma voix, de mon expression. Le chagrin de notre rupture me noue toujours la gorge. Le revoir ne fait qu'aiguiser ma souffrance.

— Je t'en prie, installe-toi.

Son immense loft est très différent de ce à quoi je m'attendais. Élégant, mais chaleureux. J'imaginais une sorte de froideur anonyme, comme à l'hôtel, mais ce n'est pas le cas. J'aimerais que nous soyons proches, comme avant : que je puisse explorer chaque pièce, lui demander d'où viennent ses sculptures, ses livres. J'aimerais que la distance qui nous sépare n'existe pas.

— Pas de gardes du corps ?

— Je préfère que personne n'ait vent de cette visite.

— Oui. Si quelqu'un savait que tu fréquentes l'horrible Santiago del Almodovár…

— Qu'est-ce que tu voulais me dire, Santiago ?

Il soupire, repousse ses cheveux sombres. Sa mâchoire est crispée. Mon estomac se noue.

— Beaucoup de choses. Je t'en prie, assieds-toi, *princesa.*

Je serais plus à l'aise debout, mais je sais qu'avec Santiago, il vaut mieux garder mes forces pour les batailles qui comptent réellement. Je contourne la table et m'assois sur une chaise, le dos raide. Il me sert un café. Il reste silencieux. De sa démarche souple, mais d'un pas nerveux, il traverse la pièce, une fois, deux fois. Il me fixe un instant, se détourne. Je le regarde faire, perplexe, les doigts glacés autour de ma tasse.

— Tiens, c'est pour toi.

Il attrape une liasse de documents sur un buffet et les pose à côté de moi, sur la table. Je les reconnais : ils sont estampillés du logo de son entreprise. Je les ignore.

— Je te l'ai déjà dit, je ne suis pas intéressée par ton casino.

Il émet un grognement agacé, mais, apparemment malgré lui, un sourire courbe sa bouche. Il secoue la tête.

— Pour l'amour du ciel, Freja, arrête d'être aussi têtue et jettes-y un coup d'œil, tu veux ?

Il ouvre la brochure. Je suis tentée de garder les yeux fixés sur le mur simplement pour lui tenir tête, comme une enfant qui fait un caprice. Mais je ne suis pas une enfant, et je n'ai aucune raison de faire un caprice ; avec un soupir, je baisse le regard sur les pages ouvertes devant moi.

Je m'attendais à une version plus précise des plans dont j'avais déjà pris connaissance il y a plus d'un an, quand le projet est d'abord apparu sur mon bureau. Mais c'est très différent. C'est… aux antipodes de ce que j'attendais.

Je fronce les sourcils.

LE CENTRE D'ART DE LA COURONNE

Je couvre ma bouche d'une main tremblante, peut-être pour retenir l'exclamation qui s'en échappe. Mes yeux me brûlent. Je tourne une page et admire chaque détail. D'énormes structures en verre, avec une vue spectaculaire sur la rivière, s'élèvent dans un magnifique parc boisé. De hautes tours ponctuent le domaine et s'élancent vers le ciel, modernes et élégantes. Deux d'entre elles sont étiquetées comme résidentielles, une autre comme bureaux, deux encore comme hôtels. Les bâtiments de verre ont tous un rôle défini : une bibliothèque, une galerie d'art, une salle d'opéra et de ballet. Ils sont dotés de terrasses, de balcons, de restaurants. Mes doigts suivent les courbes de leur architecture, et je secoue la tête.

— Je… J'ai l'impression que tu as lu dans mon esprit et donné naissance à mes fantasmes.

— C'était le but.

— Mais, Santiago, tu… Où est le casino ?

J'ai levé le visage vers lui. Ses yeux m'accrochent, si brûlants qu'ils me serrent le cœur comme un étau.

— Les casinos ne m'intéressent plus. J'ai revendu cette part-là de mon entreprise.

Je suis bouche bée. Il reste de l'autre côté de la table.

— Je… ne comprends pas. Comment est-ce possible ?

— Oh ! je n'ai eu aucune difficulté à trouver un acheteur.

— Mais… C'est une grande partie de tes propriétés. Et tu aimes tes casinos.

— J'aimais mes casinos, oui. Plus maintenant.

— Quand as-tu décidé de faire une chose pareille ? Pourquoi ne m'en as-tu pas parlé la dernière fois ?

— Je n'avais pas encore pris mes dispositions à ce moment-là.

Il s'appuie sur le dossier de la chaise, devant lui, et m'observe. Je suis encore sonnée.

— Ton Premier ministre m'a informé que ton couronnement avait été avancé à avril, n'est-ce pas ?

— Oui.

— Je vois, murmure-t-il.

Sur le dossier de la chaise, ses phalanges se sont crispées. J'entends sa respiration, un peu trop rapide. Le silence se déroule, aigu et malaisé. Je finis par le rompre :

— Ton appartement est très beau. Tu vis ici ?

— *Sí.* Je me suis installé une semaine après… notre dernier rendez-vous.

— Oh.

Mon cœur bat trop vite, trop fort, et mon sang rugit dans mes veines. Il a emménagé à Marlsdoven ? Il a passé toutes ces semaines si près de moi, à quelques kilomètres du palais, à portée de main, alors que je regardais le relief de la ville en pleurant son absence ?

— Je ne comprends pas pourquoi tu as fait une chose pareille, Santiago, mais je t'en suis reconnaissante. Je crois.

— Tu crois ?

— Je me sens coupable, aussi. Ce casino était ton rêve.

— Non.

Je fronce les sourcils. Il a l'air distrait – le visage froissé, préoccupé, les mains fébriles. Je me lève et viens à lui.

— Santiago… Que s'est-il passé ?

— Si j'avais fait construire ce casino, tu aurais fini par me haïr, dit-il en soutenant mon regard. Tu l'aurais vu chaque jour, et tu m'aurais détesté chaque jour un peu plus. J'ai réalisé que je ne pouvais pas le supporter.

— Je ne peux pas te haïr, Santiago.

— Bien sûr que si. Et tu en aurais le droit. Un jour, quelqu'un construira sûrement un casino à Marlsdoven, Freja. Je pense que c'est inévitable. Mais ce ne sera pas moi.

J'avais fini par accepter son stupide casino ; je suis tombée amoureuse de lui en dépit de tout ce qui nous opposait, jeux d'argent y compris. Et pourtant, je ne peux pas décrire la gratitude qui me submerge, l'amour ineffable qui m'emporte à cet instant. J'ai peur de fondre en larmes. Je brûle de l'étreindre. Mais je me suis déjà humiliée en me jetant à ses pieds, en lui déclarant mon amour. Je ne veux pas lui infliger la charge de me repousser une seconde fois. Il faut que je parte avant que l'émotion me fasse dire ce que je dois apprendre à garder pour moi.

— Merci, murmuré-je, sans le toucher.

Je recule. Il ne me lâche pas des yeux.

— Pourquoi as-tu avancé la date de ton couronnement, Freja ?

— Pourquoi pas ? Ma destinée est toute tracée. Pourquoi retarder l'inévitable ?

Un muscle bat dans sa mâchoire. Incroyablement, c'est lui qui baisse les yeux le premier.

— Je vois, répète-t-il.

Il faut que je m'en aille. Il faut que je fuie avant de succomber à la tentation. Je tente un sourire, mais je doute qu'il soit très convaincant.

— Si c'est tout… ?

Pourquoi suis-je si stupide, pourquoi continué-je d'espérer, même maintenant, que Santiago brisera le silence, qu'il m'offrira ce que je désire si désespérément ?

Mais non – il ne dit rien. Il regarde la table, tendu, les épaules raides. Je soupire, je prends mon sac, et je me détourne. Il ne me rattrape pas. Chaque pas me fait l'effet d'un nouvel adieu, jusqu'à ce que je pose la main sur la poignée. J'inspire. Je la tourne.

— Attends.

Sa voix n'est plus autoritaire. Elle est brûlante d'une capitulation féroce, désespérée. Je me fige. Quand il jure entre ses dents, je pivote vers lui. Il passe une main sur sa nuque, le regard fixé sur les plans encore ouverts sur la table. Mon cœur bat à tout rompre.

— Tout est confirmé, alors ?

— Pour le centre d'art ? Oui, je te suis très…

— Non, *princesa*. Pour ton mariage.

Quand il lève enfin les yeux, ils sont hantés, étincelants. Oh ! mon Dieu – je n'avais pas songé qu'il ne savait rien de ma décision. Bien sûr ; mes fiançailles avec Heydar n'ont jamais été publiques, et leur rupture n'est donc pas apparue dans la presse.

— Je… Non, Santiago. Écoute, je…

— Freja. Réponds-moi clairement. J'apprécie que tu cherches les bons mots, mais je préfère connaître les faits, purs et simples.

Il semble si blessé, comme si sa vie entière dépendait du statut de mes fiançailles ; mais pourquoi ?

— Vous avez déjà la date ? reprend-il.

Je secoue la tête.

— Non… Santiago, nous n'allons pas nous marier.

Il accuse le choc, visiblement confus. Pendant un moment, il ne dit rien ; il me fixe et me lit, à la recherche d'une confirmation, d'une explication.

— Que s'est-il passé ?

— Quelle importance ?

— C'est important pour moi. S'il te plaît.

Je soupire et croise les bras.

— Tu as encore besoin que je nourrisse ta vanité, Santiago ? Tu veux que je te dise que c'est à cause de toi ?

— C'est le cas ?

— En partie, oui. Il me semblait injuste d'épouser Heydar alors que j'étais amoureuse de quelqu'un d'autre.

Je le vois déglutir. La question suivante est lourde comme une chape de plomb :

— Et es-tu toujours amoureuse de moi, *princesa* ?

Je cligne des yeux, le cœur dans la gorge. Je ne peux nier, mais je suis furieuse qu'il ose poser la question ; pourquoi faire durer ce supplice ? Je le foudroie du regard et tourne les talons. Cette fois, il réagit ; il me rejoint en un éclair et pose la main sur la porte à l'instant où je l'ouvre. Dans la cage de son bras, je pivote et lève le visage vers lui, les dents serrées, prête à l'invectiver.

Son expression me coupe la voix. Sur son visage penché, je ne vois que la résignation et la souffrance.

— Désolé d'avoir posé la question. Je n'ai pas le droit de te demander une chose pareille. Je veux juste te dire quelque chose avant que tu partes. S'il te plaît.

De nouveau, cette supplique. *S'il te plaît.* L'accent poignant de sa voix me heurte comme une gifle. Je ne lâche pas la poignée, mais je hoche la tête.

— Ce jour-là, au palais…

Je grogne et résiste à l'envie de cacher mon visage dans mes mains. Je ne veux pas y penser. Je ne veux pas me souvenir de notre dispute, de son dédain, de mon humiliation.

— J'étais en colère. Cette photo d'Heydar et toi m'obsédait depuis des jours. Quand je t'ai vue, j'étais submergé par des émotions… dures et sombres. Plein d'angoisse. J'étais venu à Marlsdoven pour me prouver que ce que je ressentais pour toi n'existait que dans ma tête. Que tu n'étais qu'une lubie éphémère.

— Flatteur.

— Je suis désolé. Dès que je t'ai vue à la soirée, j'ai compris que c'était bien plus compliqué que ce que j'avais voulu croire. Que tu me manquais follement. Je ne pouvais pas te quitter des yeux. Tu étais si belle, si royale, si assurée. Et j'étais fier de toi, et fier d'avoir été l'homme que tu voulais, même pour quelques jours. Mais je savais que tout ce que nous avions vécu était une illusion – tu ne voudrais jamais de moi. La photo d'Heydar me hantait.

— Cette photo ne voulait rien dire, Santiago. Écoute, j'ai rarement autant souffert que ce matin-là. Je n'oublierai jamais ce que j'ai ressenti lorsque tu m'as dit que…

— Non, coupe-t-il, et sa main trouve ma joue pour la caresser avec douceur. N'y pense plus de cette façon, je t'en prie.

Le contact de sa peau me fait frissonner, et ma main abandonne la poignée de la porte.

— Comment dois-je y penser, alors ?

— Je savais que je n'avais jamais vécu une chose pareille, avec quiconque. Dès le premier jour. Mais je te combats depuis le début. Je me disais qu'une nuit suffirait, puis une autre, puis une autre. Et avant ce matin-là, je n'ai jamais compris pourquoi je refusais de voir les choses en face.

— Et maintenant si ?

Son sourire est pâle.

— Seulement grâce à toi. Tu m'as fait comprendre pourquoi je passais mon temps à lutter, à fuir. Personne ne m'a jamais aimé, Freja. Tu m'as dit que tu m'aimais, tu m'as offert ce que je désirais de tout mon cœur, mais que m'arriverait-il si tu changeais d'avis ? Si tu te fatiguais de moi ? Si je me laissais t'aimer aussi, et que tu m'enlevais ton amour ? Si tu épousais Heydar malgré tout ? Si je devais passer ma vie à t'imaginer dans ses bras, à ses côtés, sans jamais plus pouvoir être avec toi ? J'ai essayé de nous convaincre tous les deux. Je comprends le sexe ; il n'y a rien à en craindre, c'est une intimité facile à limiter, à contrôler. Mais je mentais, bien sûr. À toi et à moi-même. Entre nous, il ne s'agit pas *que* de sexe.

J'ai l'impression que le temps s'est arrêté ; je suis figée, toute proche, et je grave dans ma mémoire cet instant, ses mots, ses traits, chaque seconde.

— Je n'ai pas changé le projet de construction pour que tu me pardonnes. Je sais qu'il n'y a pas d'espoir pour nous. Mais je t'aime, et je veux te rendre heureuse pour le restant de mes jours, même si c'est de loin.

Je presse mon dos contre la porte, le souffle court.

— Tu m'aimes, dis-je. Pourquoi tu ne m'as pas appelée ?

Il arque un sourcil sceptique, un écho de son assurance habituelle. Malgré les larmes qui m'obstruent la gorge, je plisse les yeux, défiante.

— Pour te dire quoi ? Je pensais que tu allais l'épouser ; pire, je pensais que tu avais avancé le mariage. Je n'allais pas te déclarer mon amour avec deux semaines de retard, alors que tu avais décidé de passer à autre chose. Tu mérites mieux que ça. J'espérais seulement que tu étais heureuse, même sans moi.

— Et tu me le dis maintenant ? m'écrié-je.

— Tu n'es plus fiancée.

Je l'observe en silence, le cœur battant ; quelque chose gonfle en moi, brûlant, insoutenable.

— Je ne t'ai jamais méritée, Freja, mais au moins, en te donnant ce centre, je t'honore d'une façon qui te rendra heureuse. Le même bonheur, j'espère, que celui que tu m'as donné en Espagne.

Son pouce caresse ma joue, tendrement ; il ne détourne pas le regard.

— C'étaient les plus beaux jours de ma vie.

C'est trop – ma main se pose sur son torse, mais, au lieu de l'attirer à moi, je le pousse en arrière. Il recule, surpris.

— Santiago, tu es… Oh ! m'exclamé-je avec un grand geste de frustration. Pourquoi tu ne t'en es pas rendu compte il y a trois mois ? !

— Je sais, c'est trop tard…

— Ce n'est pas… Non. Tu ne peux pas savoir comme j'ai souffert de ton absence. J'ai passé mon temps à revivre cet instant, à penser que tu ne m'aimais pas comme je t'aimais.

— Je suis navré. J'admire que tu aies osé avouer ce que tu ressentais, tu sais. Mais rien n'a changé, Freja. Je suis toujours le même homme. Celui que ton peuple serait scandalisé de voir à tes côtés.

Il fait un pas en avant et se penche vers moi.

— Je veux faire partie de ta vie si tu le veux aussi. Mais nous devrons trouver une solution pour garder le secret. Cet appartement pourrait peut-être nous permettre de nous voir sans que personne le sa…

— Non.

Il tressaille. Il croit peut-être que je m'apprête à le rejeter ; il se trompe.

— Non, ce n'est pas assez. Ce n'est pas ce que je veux. Tu n'es pas un secret honteux, Santiago. Je n'ai pas honte de toi. Tu m'as fait comprendre beaucoup de choses, toi aussi. Si les gens veulent juger notre relation, grand bien leur fasse. Ce n'est pas notre problème.

Il écarquille les yeux, mais secoue la tête.

— Je ne peux pas te laisser faire une chose pareille. Je sais combien ton rôle et ton image comptent pour toi.

Mon sang se glace. Je suis allée trop vite – Santiago ne m'a rien promis, et ne me parle pas de la même relation que celle dont je rêve et pour laquelle je veux braver mon peuple.

— Combien de temps comptes-tu rester, Santiago ? Le temps que le chantier se termine ?

Il fronce les sourcils.

— Je dois me marier un jour, ajouté-je. Avoir des enfants. Je sais ce que tu penses de tout cela, mais je ne peux pas ignorer mes obligations, pas pour une relation temporaire…

— Oh. Je me suis mal fait comprendre.

Il sourit.

Et, avant que j'aie le temps de réagir, Santiago del Almodovár s'agenouille devant moi.

— T'épouser et élever nos enfants avec toi serait le plus grand privilège de ma vie, Freja. Si tu es prête à composer avec ma réputation et la réaction de ton peuple, sache que je ne désire rien davantage que d'être ton mari.

À cet instant, il ose me lancer ce clin d'œil insolent qui me fait bouillir et brûler.

— Et tu sais que je suis prêt à déplacer des montagnes pour faire de mes désirs une réalité, *querida*.

Je ris, de soulagement, de nervosité, d'un bonheur si immense qu'il me donne le vertige.

— Je sais, je sais. Frimeur.

— Attends.

Il se redresse. Derrière le bar de la cuisine, il ouvre un tiroir, puis revient et reprend sa place à genoux. Cette fois, il me présente un écrin de velours.

Soudain, la réalité de cet instant me frappe de plein fouet. J'ai du mal à respirer. Il est sérieux. Il… Il ouvre la boîte. À l'intérieur, je découvre la plus belle bague que j'aie jamais vue ; un énorme diamant blanc, entouré d'un halo de petits diamants noirs.

— Je l'ai achetée sur un coup de tête. Elle m'a fait penser à toi. À la bonté et au courage surmontant les ténèbres.

Les larmes roulent sur mes joues, mais je ne leur prête pas attention. Je m'agenouille devant lui.

— Il faut que tu saches quelque chose, murmuré-je.

Il m'observe. Je vois la peur dans ses yeux.

— Ne me regarde pas comme ça, Santiago. Bien sûr que je veux t'épouser. Je ne cesserai jamais de t'aimer. Rien ne pourra jamais changer mon amour pour toi. Je t'aime pour ce que tu es, dis-je en pressant une main sur son cœur. Toi aussi, tu es bon et généreux. Tu es courageux et honorable, et quand je suis avec toi, j'ai l'impression que rien ne peut m'arrêter. Je regretterai toujours de t'avoir laissé penser que tu pourrais me faire honte. Tu mérites d'être fier de tout ce que tu as accompli et de l'homme que tu es devenu. Je ne peux pas exprimer combien je suis chanceuse, et heureuse que tu m'aimes comme je t'aime. Tu m'entends ? N'en doute jamais.

Sept ans plus tard

Finalement, nous n'avions pas besoin de nous inquiéter de la réputation de Santiago. Mon pays l'a accepté en un rien de temps. Bien sûr, ses investissements dans notre économie et la construction du centre d'art ont joué en sa faveur. Et, grâce à quelques interviews bien menées, son passé et sa personnalité ont été illustrés bien plus justement que ne l'avait fait la presse à scandale jusqu'ici.

Les journaux se sont emparés de ses débuts difficiles, de son courage et de son intelligence face à l'adversité, ainsi que de ses efforts philanthropiques contre la pauvreté infantile et la faim dans le monde. Quand notre mariage est enfin arrivé – et je mourais d'impatience –, deux choses étaient déjà certaines : je n'aurais pas pu rêver d'un meilleur époux et d'un meilleur prince consort, et le peuple de Marlsdoven était déjà fou de lui.

Je me souviens de ce jour-là. De mon excitation, entièrement dénuée de nervosité. La chapelle était pleine. Heydar et ses frères étaient assis au premier rang. Claudia était ma demoiselle d'honneur. La traîne de ma robe faisait la moitié de l'allée centrale et était plus lourde qu'une cotte de mailles, mais peu m'importait : j'étais plus légère qu'un oiseau, toute prête à m'envoler de bonheur.

La journée me revient comme un tourbillon de rires, de félicitations et de danses. Mais c'est le soir dont je me souviens le mieux : Santiago et moi, enfin seuls, mari et femme. Prêts à nous engager vers un futur solaire.

La voix de Clara me ramène brutalement sur terre.

— Maman ! C'est trop lourd !

Au-dessus de sa petite épaule, je croise le regard de Santiago et tente en vain de ne pas rire.

— Je sais, je sais, je la détestais aussi, dis-je en ajustant la tiare sur sa tête.

Nous nous préparons pour le grand bal du nouvel an. Cette année, la fête est marquée par les fiançailles d'Heydar, le parrain de Clara, et de Claudia. Et Clara, du haut de ses cinq ans, n'est pas particulièrement impressionnée. Elle fronce le même sourcil sceptique que son père.

— Alors pourquoi tu la portais ?

— Parce que c'est la tradition. C'est une soirée très spéciale, aujourd'hui, et notre peuple est excité de voir leur petite *princesa*.

— Peut-être qu'ils peuvent me voir sans la tiare ?

Santiago pose Malthe, notre fils de quatre ans, sur le sol près de nous, et s'accroupit devant Clara.

— Faisons un marché, d'accord ?

Je secoue la tête en souriant. Évidemment. Il sait exactement comment la mener par le bout du nez, comme il le fait avec moi. Telle mère, telle fille.

— Quel marché ? demande Clara en croisant les bras.

— Tu portes la tiare au début, juste le temps d'entrer dans la pièce et de prendre des photos. Ensuite, tu peux l'enlever et faire semblant que tu n'es plus une princesse.

— Mais je veux rester princesse ! C'est juste les choses lourdes sur ma tête que je n'aime pas.

— Exactement, susurré-je en jetant un coup d'œil taquin à Santiago. Il n'y a pas de règles pour être une *bonne* princesse ; écoute ton cœur, ma chérie, et tout ira bien.

Santiago rit doucement et m'attire dans ses bras. Clara reste pensive un moment, le front plissé de concentration.

— Mon cœur me dit qu'il n'aime pas les tiares, martèle-t-elle enfin. Mais je vais faire plaisir à papa et la porter un petit moment. Surtout s'il me laisse manger de la glace après la cérémonie.

Père et fille échangent un immense sourire identique, et Santiago secoue la tête en riant.

— Tu es dure en affaires, jeune fille, mais j'accepte tes conditions. Va pour la glace. Ça te convient, Malthe ?

Malthe hoche la tête avec enthousiasme et glisse sa petite main dans la mienne.

— On y va sans le bébé ?

— Oh ! oui, Sofia est trop petite pour aller au bal, mon ange.

Avant de descendre dans le grand escalier en famille, je trouve de nouveau le regard de Santiago. Nous échangeons un sourire, tendre et plein de fierté pour la famille que nous avons fondée, pour la vie que nous construisons pas à pas.

J'avais tort, toutes ces années auparavant, quand je pensais que les contes de fées n'existaient plus, même pour les princesses. Aux côtés de Santiago, je vis toute la magie à laquelle je n'avais osé croire.

Retrouvez prochainement,
dans votre collection

AZUR

Pacte scandaleux avec un Grec, de Caitlin Crews - N°4444

Molly le sait : Constantine Skalas lui voue une haine farouche depuis l'époque où, adolescents, ils vivaient sous le même toit bien malgré eux. Aussi est-elle choquée par la proposition scandaleuse qu'il lui fait aujourd'hui. Il sauvera sa mère de la faillite, si elle accepte en retour de devenir sa maîtresse ! Acculée, Molly finit par céder aux exigences de Constantine, avec la troublante impression de pactiser avec le diable…

L'épouse du roi disparu, de Maisey Yates - N°4445

Huit ans plus tôt, Agnès a juré allégeance à Lazarus. Sauvée d'une mort certaine par cet homme mystérieux et puissant, elle l'a suivi dans la forêt des Ombres, au cœur du royaume de Liri. Devenue son garde du corps, elle ne le quitte plus, tout en nourrissant en secret d'intenses sentiments pour lui. Mais, aujourd'hui que Lazarus s'apprête à revendiquer le trône de son pays auprès de son propre frère qui le détient, ce n'est pas d'une guerrière qu'il a besoin à ses côtés, mais plutôt d'une fiancée qui l'aidera dans cette quête. Or c'est ce rôle qu'à la grande stupeur d'Agnès il exige de la voir endosser…

La protection de ses bras, de Michelle Smart - N°4446

Cinq ans plus tôt, Elsa s'est invitée dans le lit de Santiago Rodriguez dont elle était follement amoureuse. Or il l'a aussitôt rejetée, lui brisant le cœur par la même occasion. Alors qu'elle espérait ne plus jamais revoir l'homme qui lui a causé cette cuisante humiliation, Elsa découvre que Santiago a été chargé d'assurer sa protection durant un voyage de Vienne à Valence. Un voyage sous le signe de la tentation, tant le désir qu'elle éprouve pour lui est resté vif !

Mariée à Julian Santigo, de Nina Singh - N°4447

Lorsque Julian Santigo offre à Cassie un emploi dans sa luxueuse résidence hôtelière située à Majorque, elle peut difficilement refuser. Elle est seule, sans emploi… et enceinte ! Mais, quand il la demande en mariage, elle ne sait plus que penser. Certes, il ne s'agirait que d'une union de convenance qui permettrait à Cassie de donner à son enfant un foyer, mais peut-elle accepter de s'unir à un homme qui ne l'aimera jamais ?

L'héritier de l'orage, de Jennie Lucas - N°4448

Un violent orage frappe les Hamptons, mais il faudrait bien davantage que des éclairs pour décourager Honora, venue frapper à la porte de Nico Ferraro ce soir-là. Le milliardaire italien, avec lequel elle a passé une nuit six mois plus tôt, doit savoir qu'elle attend un enfant de lui ! Hélas, leurs retrouvailles ne se passent pas du tout comme elle l'imaginait. Frappé d'amnésie, Nico a tout oublié de leur liaison. Pire encore, il exige maintenant que Honora l'épouse, dans l'intérêt de son héritier…

Princesse pour un an, de Cara Colter - N°4449

De retour dans sa ville natale, Maddie mène une vie plutôt morose. Jusqu'à sa rencontre avec un bel étranger qui fait aussitôt battre son cœur très vite. À force de promenades dans les criques secrètes des environs, tous deux apprennent à se connaître et se rapprochent. Et c'est avec stupeur que Maddie découvre bientôt qu'elle est tombée amoureuse… d'un prince ! Mais sa surprise grandit encore quand Edward Alexander de Havenhurst lui révèle qu'il doit se marier et qu'elle serait pour lui l'épouse idéale – mais pour une année seulement !

Amoureuse d'un mystérieux patron, d'Ally Blake - N°4450

Regard intense, cheveux noirs et barbe de trois jours. L'homme sexy qu'Evie croise chaque jour dans le train la fascine. Qui est cet apollon ? Et où va-t-il ? Alors qu'elle pense à lui sans arrêt, Evie découvre avec stupeur que son bel inconnu n'est autre que son nouveau patron ! Dès lors, elle doit veiller à garder secrets les sentiments qu'il lui inspire, bien malgré elle. Armand Debussey lui est interdit, même si son cœur lui crie le contraire…

Liaison torride à New York, de Melanie Milburne - N°4451

SÉRIE : *OBJECTIF PASSION* - 3/3

Une nuit torride à New York ? Voilà une perspective très tentante pour Zoey. D'autant que le don Juan qui cherche à l'attirer dans son lit n'est autre que Finn O'Connell, l'homme le plus sexy qu'elle ait jamais rencontré. Seulement, pour que cette possible aventure reste sous contrôle, Zoey doit se montrer prudente. En effet, jamais elle ne devra oublier que Finn est un homme impitoyable, prêt à tout pour obtenir ce qu'il veut – et son plus grand rival en affaires…

L'amant de Hawaï, de Cathy Williams - N°4452

SÉRIE : *LE MYSTÈRE DES STOWE* - 1/3

Odieux. Max Stowe, le nouveau patron de Mia, est insupportable d'arrogance – mais aussi incroyablement sexy. Pas question pour elle de céder à l'attirance qui la pousse vers lui. En effet, cet homme n'est que de passage à Hawaï, pour retrouver sa sœur mystérieusement disparue, et se lier à lui serait une terrible erreur. Pourtant, dans le cadre paradisiaque qui les réunit, Mia succombe au désir pour quelques nuits interdites...

Étreinte scandaleuse, de Dani Collins - N°4453

SÉRIE : *LES SŒURS DU SECRET* - 2/2

Traquée par une horde de paparazzis qui la confondent avec le célèbre mannequin Oriel Cuvier, Nina trouve refuge chez son ex-amant. Grossière erreur ! Si Reve Weston accepte de lui prêter secours face aux tabloïds, c'est à la seule condition qu'elle s'installe avec lui, dans son luxueux *penthouse* new-yorkais. Là, tous deux devraient pouvoir se mettre à l'abri du scandale. À moins que leurs retrouvailles passionnées ne l'attisent davantage encore...

Le secret d'une nuit de passion, de Lynne Graham - N°4454

Une nuit, une seule, au cours de laquelle elle a cédé à l'attirance irrésistible qu'elle éprouvait pour un inconnu... et la voilà enceinte ! Sous le choc, Grace ignore comment réagir. Cacher à Leo sa paternité ne serait pas juste, elle en a bien conscience. Mais, malgré l'alchimie parfaite qui a opéré entre eux ce soir-là, Grace le connaît à peine. Ce dont elle est sûre, en revanche, c'est qu'un tel imprévu risque de fortement contrarier l'avenir tout tracé de ce séduisant homme d'affaires. Car aujourd'hui Leo Zikos est fiancé à une belle héritière censée lui assurer un avenir professionnel florissant...

VOTRE COLLECTION PRÉFÉRÉE DIRECTEMENT CHEZ VOUS

Vous souhaitez découvrir nos collections ? Une fois votre colis de bienvenue r
si vous souhaitez continuer à recevoir nos livres, cela se fera automatiquement
Vous n'avez aucune obligation d'achat et cette offre est sans engagement de du

Dans votre 1er colis, 2 livres au prix d'un + 1 cadeau*

*Pour la collection Intrigues : 1er colis à 17,25€ avec 2 livres + 1 cadeau

☛ COCHEZ la collection choisie et renvoyez cette page au
Service Lectrices Harlequin – CS 20008 – 59718 Lille Cedex 9 – Franc

Collections	Prix 1er colis	Réf.	Prix abonnement (frais de port co
❑ **AZUR**	4,50€	AZ1406	6 livres par mois 29,99€
❑ **BLANCHE**	7,30€	BL1603	3 livres par mois 24,45€
❑ **HISTORIQUES**	7,20€	LH1202	2 livres par mois 17,09€
❑ **PASSIONS**	7,70€	PS0903	3 livres par mois 25,89€
❑ **BLACK ROSE**	7,70€	BR0013	3 livres par mois 26,19€
❑ **HARMONY***	5,99€	HA0513	3 livres par mois 20,16€
❑ **NORA ROBERTS***	8,90€	NR2403	3 livres tous les 2 mois, prix varia
❑ **SAGAS***	7,99€	SA2303	3 livres tous les 2 mois 28,86€
❑ **VICTORIA**	7,90€	VI2113	3 livres tous les 2 mois 26,19€
❑ **GENTLEMEN***	7,50€	GT2022	2 livres tous les 2 mois 17,35€
❑ **ALIÉNOR**	7,70€	AL2132	2 livres tous les 2 mois 17,75€
❑ **HORS-SÉRIE***	7,70€	HS2812	2 livres tous les 2 mois 18,25€
❑ **INTRIGUES***	17,25€	IN2012	2 livres tous les 2 mois 17,25€

*livres réédités / **entre 27,59€ et 30,19€ suivant le prix des livres **F22PDFM**

N° d'abonnée Harlequin (si vous en avez un) └┘└┴┴┴┴┴┴┴┘

Mme ❒ Mlle ❒ Nom : ____________________

Prénom : ____________________ Adresse : ____________________

____

Code Postal : └┴┴┴┴┘ Ville : ____________________

Pays : ____________________ Tél. : └┴┘└┴┘└┴┘└┴┘└┴┘

E-mail : ____________________

Date de naissance : ____________________

Date limite : 31 décembre 2022. Vous recevrez votre colis environ 20 jours après réception de ce bor
Offre soumise à acceptation et réservée aux personnes majeures, résidant en France métropolitaine, dan
la limite des stocks disponibles. Prix susceptibles de modification en cours d'année. Vous pouvez demande
à accéder à vos données personnelles, à les rectifier ou à les effacer. Il vous suffit de nous écrire en nou
indiquant vos nom, prénom et adresse à : Service Lectrices Harlequin CS 20008 59718 LILLE Cedex 9.
Service Lectrices disponible du lundi au vendredi de 9h à 17h : 01 45 82 47 47.

Harlequin® est une marque déposée du groupe HarperCollins France – 83/85, Bd Vincent Auriol – 75646 Paris cedex 13. SA au capital de 1 149 680€ – R.C. Paris. Siret 31867159100069/APE5811Z.